光文社文庫

十七歳

小林紀晴

光　文　社

目次

十七歳

お元気でしょうか。

いま、これを病院のベッドの上で書いています。窓の外には、色のない景色が広がっています。今日は、ちょっと体調がいいので筆をとりました。

去年の秋にはお見舞いに来てくれて、ありがとう。それに写真の年賀状、届きました。八ケ岳《やつがたけ》の写真、素敵。うれしかったです。それに切手がかわいかった。

母が病室まで持ってきてくれました。お礼が遅くなり、それに年賀状もだささずじまいになってしまい、ごめんなさい。

諏訪《すわ》湖の氷が溶けだす春が、この冬をくぐり抜けたら来ますね。それに守屋《もりや》くんも卒業ですね。きっと三年生の誰もが進路のことで、そわそわと落ち着かない日々を過ごしているのかな、なんて想像しています。

でも、わたしは凪《なぎ》の時間にいます。

春になっても卒業どころか、このベッドの上から動くことができそうにありません。実は学校から正式に通知が来ました。卒業は難しいというお知らせです。正直、くやしいけど、しかたがないですよね……。改めて、高校三年生をすることになりそうです。

ところで、守屋くんは、写真の学校に進学するんですね。そのこと、おじいちゃんから聞きましたよ。試験はいつですか。これからでしょうか。うまくいくことを心から願っています。このあいだも言ったけど、ずんずん行ける人には、どこまでもずんずん行ってもらいたいのです。

そしてひとつお願いがあります。わたしを待っていてほしいのです。わたしも必ず追いつくので、さきで、わたしを待っていてください。そして、時々振り向いてください。振り向いて、わたしがいるのを忘れないでください。きっとわたしもいつか追いつくことができると思うので。お願いします。

いま僕は遠い街にいる。

窓の外を眺める。視界をふさぐ山などどこにも存在しない。そのかわりに、そびえたつビルが視界をせき止める。それを少しだけ盆地のようだと思う。差し込む太陽の光が、人ごとのように腕や頬や両手に暴力的に触れる。

僕は手紙をとじる。眩《まぶ》しさのなかで文字を見ていたからか、部屋のなかが暗く映る。あわてて、目をとじる。ふと、昨日書かれた手紙のようだ、と思う。

これまでどれほど読み返してきただろうか。目をとじたままでも簡単に諳《そら》んじることができるはずだ。でもしない。そうすることを怖ろしいと感じる。一度も手紙の文字に目を落とさず、最後まで読まれてしまう手紙なんて、すでに手紙ではないと思うからだ。手紙は、いつでも誰かが書いたもの、つまり自分のものではなく、他者として存在しなくてはならない。

手紙を静かに封筒に戻す。

でも僕は知っている。すでにそれが自分自身の言葉になりかわり、時折勝手に動きだし、静かに息をしていることを。そのことを僕はうれしくも、悲しくも感じない。ただ、困り、持て余し、途方に暮れる。

友人も知り合いもいないこの大きな街で、古い友人に会うなどとは考えもしなかった。人生には思いがけないことが起きるものだ。

住み始めて半年ほどたった日、僕はひとりの女性に再会した。十五年ぶりだと、指折り数え知った。

その日は、五月の中旬だというのに気温は三十度近くまで上がった。冷房設備のない狭い部屋にいるのが苦しくなって、午後部屋をでた。廊下でばったり会った隣の部屋の男は「暑い、暑い」と言って額を拭いて手を上げた。

「夏みたい」

僕が答えると、男はちょっと不思議そうな顔をしてから、

「すでに夏だよ、いまは。きみは日本から来たばかりだから知らないだけ。この街では冬が終わったら、すぐに夏が来る」

男はメキシコからの移民だ。スペイン語訛《なま》りの声に夏は似合わない。そんなふうに思うのは雪の降る日に、初めて彼と言葉を交わしたからかもしれない。

僕はアパートをでて歩きだした。視界が開けた場所に行ってみたいと思った。でもセントラルパークに足は向かなかった。すでに何度か行ったことがあったけれど、あまり好きになれなかった。わざわざ地下鉄に乗っていかなくてはいけなかったし、あの広さが好き

になれなかった。明るさと大きさが逆に不安を掻《か》き立てるからだ。

足は自然と歩いて行けるブライアントパークに向かう。立派な石造りの図書館の裏手にある。三つの面が道路に接していて、大きな木々に囲まれる形で真ん中が芝生の広場になっている。

太陽は少し傾いていて、誰もが芝生の上に寝転んだり、木陰のベンチで遅いランチを食べたり、本を読んだりしていた。僕は売店でソフトクリームを買ってからベンチを探したけど、どれもふさがっていた。しかたなく芝生の上に直接座って、それを口にした。日本で食べるものより、ずっと甘く、濃厚だった。考えてみれば、東京の公園でソフトクリームを買ったことも食べたこともない。

西の交差点の方向から公園を横切るように足早に歩いてくる、ひとりの東洋人の女性の姿が視界の端に入った。東洋人なんてこの街にはどこにでもいて、特別珍しい存在ではない。僕はまたソフトクリームに目を落とし、口にしながら空を見上げ、視線を西の方向に戻した。すると女性は歩いてゆく方向を変えていた。直線だったのが緩やかにカーブを描いていた。そのカーブの先に僕がいたことになる。

女性は僕を見下ろした。どのあたりで僕のことに気がついたのだろうか。直線をカーブに変えたのは、僕に気がついたからだろうか、それとも違う理由によってだろうか。とにかく女性の影が不意に僕に覆いかぶさった。

いったいこの人は誰だろう、何をするつもりだろう、なぜ、急に立ち止まり、じっと僕を見下ろしているのか。恐怖感を抱いた僕は、慌てて立ち上がった。

ふと、自分のなかの何かが反応した。いつかどこかで見たことがある、眩しそうで困ったようなこの目のことを、よく知っている。

「守屋くん？」

女性が日本語で呟《つぶや》いた。自分の名前が、こんなところで声にされた。

「さっちゃん？」

古い記憶が不意打ちを食らって、掘り起こされたような気分だった。

「ひさしぶり」

女性は微笑《ほほえ》んだ。

僕の足元から何かが一気に頭の頂点に向かって駆け上がっていく。無数の蟻が我さきにと足首からふくらはぎ、太もも、背中、首筋と湧《わ》きだし、ざわざわと騒ぎたてておさまらなかった。

山崎幸子《やまさきさちこ》。

なぜ、こんなところにいるのだろうか。全身にびっしょりと汗をかいていた。ソフトクリームはだらしなく溶け、芝生の上に転落していることに、しばらく気がつかなかった。

「なんでいるの？　この田舎者《いなかもん》が」

十五年ぶりだというのに、さっちゃんはあい変わらず、僕の肩を思いっ切り叩いて豪快に笑った。その感じがうれしかった。

僕らは盆地の山の中腹にある県立高校の同級生だった。彼女は進学した松本《まつもと》の美容専門学校を卒業したあと、諏訪の美容院に就職した。それから数年後、東京の美容院に転職した。

上京したばかりの頃には時々、連絡をとった。でも数年後に彼氏ができて、ぱったりと連絡がこなくなったし、僕からもしなくなった。それぞれの生活にお互い精一杯だったのだ。あるとき、アパートに電話をすると、すでに使われていなかった。きっと諏訪に帰ったのだろうと、思った。

驚いたことに、彼女は美容師として、アップタウンの日本人が経営するお店で働いていた。

「思うところ、あったのよ」

この街に来た理由を訊《たず》ねると、そう答えた。

「ここでは、それなりに食べていけるから。日本人は手先が器用で丁寧だってアメリカ人はみんな思っているから、ここでは定評があるの」

僕らは頻繁に会うようになった。食事に行ったり、深夜のクラブにも足を運んだ。ときまってお酒を飲んだ。でも過去の話はほとんどしなかった。

「いま」のことを話す。泡のように消えてゆく話題を延々と続ける。それでも我慢しきれなくなったときだけ、どちらからかあの頃の話がこぼれでた。

彼女はあの頃の彼女ではない。そう感じるたびに僕もあの頃の僕ではなくなっているのだろうかと考えた。

「ニューヨークは、とっても暮らしやすい」

あるとき、バーに置かれた古びたソファに深く沈んだまま、彼女は屈託のない表情で口にした。頭上のスピーカからは、モーツァルトのピアノ曲が静かに流れていた。二人とも、あの頃よりも自由になれたはずだ、そのことだけは間違いないだろう。

「脩《しゅう》ちゃんも、変わったね。あの根暗の脩ちゃんが、こんなところにいるなんてさ」

酔っ払ったさっちゃんは顔をくしゃくしゃにした。「脩ちゃん」なんて呼ばれ方をしたことなんて、かつて一度もなかった。

「いまは遅れてきた青春」

半分冗談で口にした。

「じゃあ、あの頃はなんだったの？」

「なんだろうね……」

もっともふさわしい言葉をあげるとすれば、なんになるだろうか。すぐには思い浮かばなかった。そのかわりみたいに宮坂木綿子《みやさかゆうこ》がいまここにいたならば、と思った。もしここで宮坂木綿子をまじえて三人で向かい合ったならば、僕は彼女に何を語りかけ、彼女は僕にどんな言葉を呟くのだろうか。

眼下に諏訪湖を望む高校からの帰り道、僕は訊ねた。

「どうして、ありもしない未来から過去を振り返るようなことを言うの？」

「きっとそういうふうに、わたしの頭はできてるんだよ」

その未来に彼女は存在せずに、僕だけが、来てしまった。

宮坂木綿子の祖父の亀《かめ》さんが亡くなった知らせを聞いたのは、何年前のことだっただろうか。盆地に残った友人のひとりが教えてくれた。亀さんに撮ってもらった写真はいまでも大切に持っている。ブレザーを着た十八歳になったばかりの自分。

亀さんからもらったカメラもこの街にも持ってきた。高校を卒業して進学した写真学校でも、そして写真を職業としてからもずっと使い続けてきた。三回壊れたけど、修理していまも使っている。本当にたくさんの写真をこのカメラで撮った。これからも使い続けていくだろう。

思いがけず山崎幸子に再会したことによって、それまで極力避け、考えないようにしていた記憶があふれでてきた。もっとたどってみたくさえなった。だから、僕はこの物語を書き始めることにした。書くことによって、記憶の奥底にうずくまっていた多くの事柄が動きだし、いまの自分に触れることになり、時に戸惑った。

春

1

湖の氷はとけてなほさむし
　三日月の影波にうつろふ

学校からの長い坂道をくだりながら、頭の中でゆっくりと言葉にしてみる。声にしてしまうには気恥ずかしい。それでも何度か口の中で転がしてみると、ふとある実感がやってくる。

確かにこの歌が詠まれた場所に立っているという一種の一体感のようなもの。過去に生き、すでにいない人が、いま僕が眼下に眺めている湖のことをそう詠んだ事実に思いをはせる。それから同じクラスの宮坂木綿子のことを、その何倍も思ってみる。

きっと彼女もこの退屈な駅までの長い坂道をくだりながら、自分と同じようなことを感じていたはずだ。そのことを大いなる発見のように思う。すると何に対してなのか判断がつかないまま心が震えた。

肌をザラザラとなでる風が冷たい。でも十分に軽やかな風が湖の方向から吹き上げてくる。眼下の湖を中心に並ぶ、山々に囲まれた赤黒いトタン屋根ばかりの家々に、冬の気配がところどころ置き去りにされている。すべてが乾いた薄い灰色をしているのだけれど、光の反射が眩しい。春休みの前とは明らかに違うそれが、湖と僕を正面から照らしている。ずんぐりとしたどの山々も死んだように眠っている。でもあとひと月もすれば、息を吹き返し、いっせいに新緑に包まれるだろう。

ほんの二週間前、春休み中の登校日には湖のあちこちに、まだ溶けかかった氷が浮かんでいた。黒々とした湖面に白い穴のように映ったいくつもの氷の塊も、すでにない。湖の向こう、死んだような山々のはるか先に中央アルプスの峰のいくつかが尖《とが》って見える。あそこだけはまだ厳しい冬のなかにある。真っ白なソフトクリームをいくつも寄せ集めたように白く、光をところどころ鋭く反射させている。

歩調を速めれば、自分が着ているブレザーの裾が風にゆれた。すでに二年間同じものを着ているので、あちこちがほつれ始め、お尻の部分はテカテカに光っている。あと一年、これを着続けなくてはならない。たった一年だという気もするし、まだ一年もあるという気もする。とにかくもう一度だけ四つの季節を過ごせば、この山の上の高校には来なくてもいいのだ。そうなのだ、あと一年をやり過ごせばいいのだ。そして、今年も何があろうとも、一日も学校を休まないようにしようと心に誓った。

　今ごろ宮坂木綿子は、どんな風景を目にしているのだろうか。窓もない部屋で蛍光灯に照らされた白い壁とかカーテンとか天井を見ているのだろうか。

　島木赤彦《しまきあかひこ》のことを教えてくれたのは、宮坂木綿子だった。ちょうど正月休みに入る直前の十二月中旬のことで、同じこの坂道を途中から一緒にくだっているときのことだ。

　つき合っているわけでもない男子と女子が、一緒に学校から帰ることは誰もしないことで、つまりそれだけ異性を意識しているというあらわれだけど、彼女はまるで気にしていないようだった。

　後ろから足早に歩いてきた彼女は僕を追い抜くでもなく、歩調を合わせた。ちょっとどぎまぎした。正月休みをどのように過ごすのかを聞かれ、「別に」という言葉が浮かんだのでそのまま答えようとしたけれど、あまりに愛想がなさすぎる気がして、

「毎年、諏訪大社《たいしゃ》の上社《かみしゃ》に初詣に行く」

　とだけ答えた。

　同じことを彼女にも訊ねてみた。すると彼女も初詣に行くと答え、さらに県内の親戚の

家を訪ねたり、もしかしたら家族でスキーに行くかもしれないと言った。

「それまでに雪が降るといいけど」

「ありがと。でも、わたしはどっちでもいいの」

この冬、まとまった雪はまだ一度も降っていない。

「そのぶん寒くなりそう」

晴れればマイナス十五度ほどにも冷え込み、曇ったり雪が降る日は冷え込みがゆるむのがこの盆地の特徴だ。

「今年はいつ頃、ゼンメンケッピョウすると思う？」

諏訪湖がすべて氷で覆われることをさしていて、小学生でも普通に知っている。でもそれがいつ起きるのかは、なかなか予測がつかない。

「きっと正月明け。真冬日が一週間くらい続くはずだから」

僕は答えながら、黒々とした諏訪湖を眺めた。あの巨大な水の塊が本当にすべて凍ってしまうことが、いまは信じられない。幼い頃から何度もその光景を見てきたというのに。

「守屋くん、島木赤彦、知ってる？」

「島木赤彦？　名前は知ってるけど、カジン？」

「そう歌人。どんな短歌があるかわかる？」

「諏訪湖のなんとか、かんとか……」

彼女はプッと吹きだして、「惜しい、諏訪湖じゃなくて湖です」と訂正した。

それから大きく息を吸って、静かに諳んじ始めた。

「ミズウミノコオリハトケテナオサムシ、ミカヅキノカゲナミニウツロウ」

しっかりとした声。目が合うと、急に国語の時間に彼女が熱心にノートをとっている姿が頭に浮かんだ。

「わたしの家の床の間にこの歌の掛け軸があって……。父親の趣味なんだけど、それを書いたのは斎藤茂吉《さいとうもきち》っていう人で、やっぱり歌人なんだ」

「斎藤茂吉は知ってる。で、歌は誰がつくったの？　斎藤茂吉？」

「だから歌をつくったのは赤彦で、歌を清書したのが茂吉。茂吉は赤彦の歌の先生だったの。その掛け軸がうちにあるの」

赤彦とか茂吉とか、まるで友達の名前でも呼ぶような口ぶりが新鮮だった。彼女の父親は中学校の教師で、教えているのは国語だったはずだ。

諏訪大社の下社《しもしゃ》の鬱蒼《うっそう》とした森がすぐそこに見えだした。

「守屋くん、この歌おぼえといた方がいいよ」

なんだか先生のようで、おかしかった。

「……きっとこの高校を卒業しても、ずっと覚えていることって、友達のことでも先生のことでもないような気がする。きっとここからの眺めだと思う。夕日に染まった湖や、雲の切れ間から太陽が一直線に諏訪湖に射す光だったり。きっとそんな気がする」

「学校、楽しくないの？」

口にしかけたけれど、喉元で止めた。

「こんな眺め、別にどうってことないよ、普通だよ」

「本当にそう思っているの？」

「うん……」

彼女は急に黙った。何かしらの話題をふらなくてはいけない気がして焦ったが、浮かばなかった。しかたなく自分が高校を卒業したとき、はたしてどんなことを一番覚えているのだろうかと沈黙のなかで考えてみたが、何も浮かばない。

「どうして、ありもしない未来から過去を振り返るようなことを言うの？　ちょっと変な気がするけど……」

口にしてから、ムッとされるかもしれないと思った。

「……どうしてだろうね。きっとそういうふうに、わたしの頭はできてるんだよ」

意外にも彼女の声は明るかった。

諏訪湖は僕が思いつきで言った通り、正月明けに寒い日が続くとあっという間に表情を変え、全面結氷して白く反射するようになった。

年が明けて二度目の水曜日に、僕は十七歳になった。

その日、宮坂木綿子と僕はまた一緒に長い坂道をくだった。やはり彼女が背後から突然現れたのだ。彼女はきっと僕の誕生日を知らない。

「氷が溶けたら、わたしたちは三年生だね」

「……あぁ」

「守屋くんは将来、なんになりたいの?」

彼女が口にする「将来」という言葉はずいぶんと大げさに響いて、すると感傷の続きのようにも思えた。「将来」なんて、はたして高校生が使っていい言葉なのだろうか、あと一年と少しで僕らは高校を卒業するのだから、将来なんて漠然とした言葉では許されないところまできているはずだと思ったけども、言わないでおいた。そのかわりに「進路はどうする?」と聞いてみた。

「あまり人には言ったことないんだけど、わたしはできたら新聞記者になりたいの。親にもまだ言ってないことだけど……」

これが彼女にとっての「将来」なのだろうか。

「でも、そのためにはそれなりの大学に入らないといけないでしょ。そうしないと全国紙の新聞社になんて就職できないから。でもこの高校からどんな大学に行けるのって感じでしょ」

「宮坂だったら、普通にどんな大学だって行けるでしょ」

まじめな分、成績もいいはずだという印象があった。

「あのへんが、わたしの家」

彼女は僕の言葉には答えずに湖の左側を指差した。この盆地のなかでもっとも家が密集しているあたりだ。僕の家の周りとはずいぶん違う。僕の家は八ヶ岳寄りの田園風景のなかにある。彼女が急に垢《あか》抜けた人のように感じられた。

「都会だね」

盆地のなかに都会などあるはずがないけれど、そう思った。

「昔ながらだけど……うらぶれた商店街」

諏訪湖の方から冷たい風が不意に吹き上げた。

2

宮坂木綿子が入院したのを知ったのは、始業式の翌日のことだった。ホームルームの時間に副担任の体育教師、いつでも上下青いジャージ姿の四十代半ばの五十嵐《いがらし》が前触れもなく告げた。

彼女が始業式を欠席したのは当然気がついていたけれど、風邪でもひいたのだろう、くらいにしか考えていなかった。春休み中に一日だけあった登校日にも彼女は登校していたので、ちょっと信じられなかった。

「宮坂が、一週間前から松本の病院に入院しました」

誰もたいした反応をしめさなかった。

「あのう……前から内臓の調子がおかしかったみたいです。この休みに検査したら、あまりいい状態ではなかったらしくて、急に入院することになったらしい。え～、詳しいことはまだわかってません。とりあえず、しばらく入院するという報告を受けました。……だから来月の修学旅行にも参加することは、残念ながら難しそうです」

「ほんとかよ」

前の席のヒツジの背中に顔を近づけて囁《ささや》いてみたのだが、彼は振り向くこともなく無言のままだった。中学生の頃から、天然パーマのもこもこの髪形が羊を連想させ、そう呼ばれているらしい。

「というわけで、修学旅行でB班はリーダーがいきなりいなくなりました。まあ、なんとか乗り切ってください。なんとかなるでしょう」

ひと呼吸置いて、「こうしてこのクラスからまた病人がでたことになります。みなさん次のひとりにならないように健康には十分気をつけましょう！　先生も気をつけます！」

五十嵐は軽薄に笑った。クラスの何人かが、ニヤついて、咳の続きのような声で反応した。担任の両角《もろずみ》は去年の秋から、血液の病気でやはり入院したままだった。

内臓ってどこだろう、内臓なんていくつもあるのだから、そのくらいきちんと確認してから喋《しゃべ》ってほしかった。とても投げやりな印象を受けた。すると「どうでもいいや、こんなクラス」という言葉がまたやってくるのだった。

「B班も大変なことになったね、同情する」

休み時間に、廊下で時間つぶしに窓の外を見ていると、近所のおばちゃんみたいな口調とともに同じクラスのデブ山《やま》が近づいてきた。

「自分もそのビーだろ」

「宮坂さん、きっとストレスがたまってたんだよ、だから胃に穴があいちゃったんじゃないの」

「胃に穴？」

「いや、あくまでわたしの想像。宮坂さん、本気で東京の有名私立、目指しているの知ってるでしょ。勉強しすぎだったと思うよ。だから、まあいろいろと思い悩んじゃったんじゃないの」

デブ山の物言いに、ちょっとムッとした。根拠もないことを、そんなふうに口にするのって、どうかな。でも僕は曖昧《あいまい》にうなずいた。デブ山とは中学からクラスもずっと一緒だった。だからこのクラスで話せる数少ない女子のひとりだ。

「それより渡辺《わたなべ》先輩から電話がかかってきたんだよ、昨日」

「先輩から？」

「東京からだよ」

「そう……」

「脩くん、元気ないねぇ、やっぱり宮坂さんのことがショックとか？　欠けるとつらいよねぇ、あんた、話し相手いないもんね」

軽々しいところは、どうしても好きになれない。

「先輩、なんかあったの？　困ったことでも起きたの？」

「困ったこと？」

「電話」

「はあ……。どうして、あんた、窓なんて開けてるの、寒いでしょ」

デブ山は僕が開けた窓をパシリと閉めた。窓の向こうに殺風景な中庭が見えていた。ところどころに無造作に大きな石が置かれていて、それぞれの周りを白い砂利が囲むように敷かれている。誰にも訊ねたこともないけれど、枯山水のつもりなのだろうか。

「あんたは馬鹿だねぇ。困ったことなんてなくたって、女の子は電話するものなのよ。それに先輩はわたしのことが好きなんだし」

「じゃあ、なんだって？」

「アパートが決まって、アサガヤってところに住むことになったらしいよ」

「東京のどのあたり？」

「……なこと、わたしにわかるわけないでしょ。でも入学式はこれからみたい」

「そんなことか」

「そんなことかって、十分、重要でしょ」

「さびしくないのかな……」

デブ山に電話してきたのは、だからだ、と思った。

「さびしい？　どうしてよ」

「知っている人いないと思うし、東京だし」

「期待で胸一杯に決まってんでしょ。ちなみに脩くんの話は一度もでませんでした、ザンネン！」

デブ山はロッカーが置かれて狭くなっている廊下をほかの生徒をかき分けるようにあっという間に消えていった。さびしいのは先輩じゃなくて、本当はデブ山の方かもしれない。先輩は新たな世界に向かっていったのだから、知っている人がいないのは当たり前だ。きっとデブ山の言う通り、期待で胸一杯のはずだろう。少なくともさびしいなんて言ってはいけない。

デブ山の本当の名は山崎幸子という。だけど、クラスの誰もが、本人がいないところでデブ山と呼んでいた。そう呼ばれるのはもちろん彼女が相当に太っているからだ。

本人の前では、誰もがすました顔で「山崎さん」と呼んでいる。特別嫌われているわけでもないけども、好かれているわけでもなく、言動がおばさんぽいからだろうか、煙たがられている。中学生の頃、彼女はクラスで誰からも「さっちゃん」と呼ばれていて、それなりに人気者だった。でも僕から見れば、あの頃の「さっちゃん」は死んだも同然だ。

高校生になって、彼女の何かが大きく変わったわけではない。そんなことはわかっている。でも彼女の姿を少し遠くから眺めてみると、ずいぶんと違って見える。それは彼女が変わったのではなく、環境が変わったからだ。違う人たちに囲まれ、違う制服を着たとき、時に人は大きく違って見える。中学生の頃、彼女の体型は親しみとユーモアとおおらかさを感じさせていた。でもいまこのクラスではそうではない。ダサいとか、鈍感とかそんな感覚を抱かせる。

例えば赤色の丸があって、周りもみんな赤色だったのに、ある日突然周りが白色ばかりになったら、その赤い丸がずいぶんと違和感を持って見える。きっとそんな感じだ。

僕が自分自身や周りに違和感を抱くのも、同じかもしれない。きっと誰のせいでもなく、何かが違ってしまったのだ。はたして「さっちゃん」に僕はどんなふうに違って映っているのだろうか。

本来のクラスとは別に理系と文系に分かれたのは二年生のときで、そんなカリキュラムになったのは僕らの学年からだった。そのため毎朝のホームルームの時間と昼休みの時間を自分のクラスで過ごす以外は、ほとんど振り分けられた先の教室に行くことになった。

二年生の最初に理系と文系のどちらかを決めなくてはならず、ずいぶんと悩んだのだけど、結局理系のクラスにした。興味でいったら文系の方があったけど、どういうわけか成績は数学とか物理の方がよかったのでそうしたにすぎない。

進学率を高めようという学校側の狙いなのだろうか、どんな意図があってそうなったのかはわからないけれど、僕はその方針を何よりもよろこんだ。単純に自分のクラスが好きではなかったし、自分の居場所があるとは言えなかったからだ。

三年生になって初めての授業は数学だった。

僕は教科書を開きながら、東京の人ごみに佇《たたず》んでいる渡辺先輩の姿を頭に浮かべてみた。もう高校のブレザーなんて着ていないはずだけども、それを着た姿が浮かんでしまう。女子大生らしい服装ってどんなだろうか。想像がつかないからその姿はとてもぼんやりとした曖昧なものとなった。そもそも東京なんて、小学六年生の春の修学旅行以来、行ったことがないのだから。

夕方、ひとりで学校をでた。ブラスバンド部が練習する知らない楽器の金属的な音が、校舎の後ろの方から空高く響いていた。校庭では野球部とサッカー部の練習が始まっていて、その姿が小さく見えた。いくつかの声や笑いが重なって耳に届く。なんだか、いまここで自分以外の誰もが、この風景にふさわしく存在している気がした。

長い坂道を駅までくだった。自転車通学している生徒が、競うように恐ろしいほどの速さで駆け下りていき、あっという間に小さくなっていく。

僕は宮坂木綿子のことをまた考える。

「ミズウミノコオリハトケテナオサムシ、ミカヅキノカゲナミニウツロウ」

初めて声にしてみた。

声が湖からの風に押され、後ろに流されていく。誰かに聞かれてしまいそうで、恥ずかしかった。でも今日つくられた歌のように生き生きとみずみずしく感じられ、するとすぐ隣を彼女が歩いているような気がした。


この高校に入学したのは自分の意思からではなかった。高校は新設校で、僕らは四期生だ。単純に中学の成績順で七つほどの高校に振り分けられたようなもので、担任の教師に「君はこっちの高校なら合格すると思うけど、あっちの高校を受けたらきっと落ちるでしょう」と言われ、「わかりました、ではこっちにします」と答えたに等しかった。

学区内に私立高校はひとつだけあり、そこに行きたいと思ったことは一度もなく、するとほかはすべて県立高校で、どういうわけかそのなかに女子高が二つもあって、男はずいぶんと選択肢が少ないなあと不満だったけれど、文句を言ったところでどうしようもないし、そもそもそんなものだと思うしかなかった。

僕が通っていた中学は、盆地のなかでもっとも荒れていた学校で、不良のたまり場だった。全国的に学校が荒れていたことはテレビのニュースや新聞でなんとなくわかっていたけれど、自分が通う中学の不良たちの姿がそのひとつとはどうしても思えなかった。なかでも僕らの学年がもっともひどく、卒業式には保護者に交じって私服警官が何人も潜んでいたらしい。

「どうして守屋くんは、この高校を選んだの？」

帰り道の長い坂の途中で彼女が訊ねてきたことがあった。僕はそれにうまく答えられなかった。逆にどうしてそんなことを聞いてくるのか、不思議だった。

職業高校は別として、この盆地の中学三年生のひとり残らず誰もが、行きたい学校ではなく行ける学校に振り分けられて進学するだけだと思っていたので、彼女の「選んだ」という言葉の真意が理解できなかったのだ。

「わたしは、この学校の新設校というところに何よりも惹かれたの。だって歴史がないってことは、自分たちで歴史をつくっていくわけだから」

まるでぴんとこなかった。歴史っていっても、高校生活のたかが三年間で何ができるのだろうか。

「あのさあ、選んだんじゃなくて、振り分けられただけだと思うんだけど」

「そういう考え方って単純すぎ……」

「でも、本当に自分で歴史をつくっていると思う？」

「うん。十分わたしたちはこの学校の歴史をつくっている」

正直、驚いた。

「本気で？」

彼女は唇《くちびる》を結んだ。

「じゃあ、どんなときに、そう思う？」

「ほら、秋の文化祭の『縄文の迎え火』に、弓矢で点火儀式ってやったでしょ。あれ、わたしが最初に言いだしたこと。文化祭実行委員会の委員だったから。きっとこれから先もあの点火儀式はずっと続くし……。そしていつか伝統と呼ばれるようになる。それってなんだか楽しくない？」

文化祭の初日、校庭に廃材が巨大なキャンプファイヤーのようにきれいに積まれ、それに火をつけることから文化祭を始めるのは、盆地のなかのわずかな伝統校だけがすることだった。どういう経緯があったのか、この学校もそれをまねることになって、「縄文の迎え火」と名前をつけたのは二代目の生徒会長らしかった。そのことを知ったとき、正直恥ずかしいなあと思った。

袴《はかま》をはき、白い鉢巻を締めた十人ほどの弓道部員が、矢の先に石油を染み込ませた布を巻き、火をつけて次々に矢を放っていった。これが点火儀式だ。暮れたばかりのおぼろな光のなかを幾筋もの火が力強く走り、ワラや廃材に乾いた音を立てて突き刺さり、あっという間に炎は大きくなり、やがて頰を赤く照らした。

全校生徒が見守るなかで行われたそれは、確かに厳粛な儀式を思わせ、すべての生徒と先生が無言となった。誰もが白いTシャツを着ていた。女の子はその下に黒い水着をひそかに身に着けていた。「縄文の迎え火」を中心にフォークダンスを踊り、火が消えそうになる頃、消火栓を開きホースによって放水するからだった。誰もがその水を全身に浴び、びしょぬれになってこの日を終えることになっていた。

僕はその光景を校庭の脇に建つ校舎の廊下の窓から、夏だというのにブレザーを着たまま眺めていた。あの火を囲む巨大な輪に参加する気持ちには、どうしてもなれなかった。一年のときも二年のときも変わらなかった。自分のなかの何かがけして熱することがないのだ。

誰もが六月の衣替え後はワイシャツだけで過ごしているのに、ひとりだけブレザーを着ている自分とはなんだろうか。何かへの静かなる反抗の気持ちからだろうか。つくづく考えてもよくわからなかった。それでいて、学校をさぼって帰るわけでもなく、燃える炎を遠くから見届けている態度が、自分を象徴しているようにも思えて、内心いらついてもいた。

僕は炎にあぶりだされながら踊る白いひらひらのなかに、渡辺先輩の姿を探し続けた。もしかしたら、僕はあのとき、だからあの廊下にかろうじて立っていたのかもしれない。

「でも守屋くん、参加してなかったよね」

「廊下から見てた」

「知ってる」

はたして歴史や伝統などというものが高校生活を送る上で必要なのだろうか。まるで必要のないことだと僕は入学するまで思っていた。伝統校も新設校も同じく三つの学年の在校生がいるに過ぎないのだから、どれほど歴史や伝統があったところで、十も二十も上の先輩が鎮座しているわけではない。だから、そんなことなど関係ないし、歴史とか伝統なんて意味のないことだと考えていたのだけれど、どうやらそうでもないことに次第に気がついていった。

ふと不安に似た感覚をおぼえることがあるのだ。恐ろしく空虚で真っ白な場所に僕らは立っているとでも言えばいいのだろうか、そんな気持ちが襲ってくることが時々あった。それは自分のいる場所に愛着をもてないことともつながった。人はきっとどこかで安心したいのだと思う。大きくて絶対的で揺るがないもの、あるいはその痕跡を感じていたいのだ。それが目に見えない伝統というものなのだろうか。それらは、ことごとくこの学校にはなかった。

窓の外を高速で流れてゆく景色を長いあいだ眺めながら、僕はとりとめもなくそんなことを考え続けていた。隣にはデブ山が座っている。高速道路に入った頃から、彼女はずっと文庫本を開いていた。

僕らはいまこうして修学旅行のバスに揺られていて、後ろの方の席では時々、けたたましい笑い声が起きている。前の席に座る同じ班の卓球部員のミチコはウォークマンのヘッドホンを耳にあてていて、その音と、禁止されているというのに染めている髪の毛が座席の隙間からこちら側にこぼれだしている。どんな曲を聴いているのかちょっと気になって訊ねてみると「チェッカーズ」と予想通りの、面白みのない答えが返ってきた。

修学旅行の行きのバスのなかで、文庫本を読んでる高校生なんて、日本中できっとこいつだけだろうなと僕はぼんやりと考えながら、それでも時折デブ山の指先に暇つぶしのように目をやった。その指はとても細く白かった。

「さっちゃん、なに読んでるの？」

僕は小声でデブ山に訊ねた。さっちゃんと呼んでいるのをクラスの誰かに聞かれたくなかった。

「ダザイオサム」

「冗談でしょ」

「それが、マジ」

デブ山は文庫本のカバーをとってこちら側に向けた。「人間失格　太宰治《だざいおさむ》」という文字が確かに見えた。

「ふさわしくないね、いま、ここには」

「まあね、でもこんな感じ」

デブ山はまた視線を文庫本に戻した。

「……あれからまた先輩から電話とかあった？」

「別にないけど」

高速道路のコンクリートの白い壁と新緑に包まれた山々がゆっくりと後方へ流れ続ける。

一クラス一台のバスで、高速道路を一組から八組までのクラス順にならんで走っている。

行き先は京都、そして奈良だ。

3

宮坂木綿子がB班から欠けてしまうと、修学旅行に行くことがさらにどうでもよくなった。半年ほど前から週一回、土曜日の三時間目のホームルームの時間のたびに修学旅行の準備が行われ続けた。

現地では班行動が主となるので、その班を分けることから準備は始まった。男三人女三人でひとつの班をつくることになって、仲のいいもの同士であっという間にいくつかの班が出来上がっていくのを人ごとのように、それでも十分ヒヤヒヤしながら眺めていた。その一方であぶれてしまう者も当然いて、僕はそのひとりになった。

結局、この二年間ほとんど一度も話したことのない木村《きむら》と、一年の終わりからあまり学校に来ていない吉田《よしだ》と一緒になることになった。そこに、女子三人が合体するかたちでB班は出来上がった。宮坂木綿子は最初から班長と決まっていて、その下に余った生徒が寄せ集められたようなものだった。そのなかにデブ山がいたので、少しは助かった気分だった。

本当は中田《なかた》と柔道部のヒツジに同じ班にならないかと、その場で誘われたのだがとっさに断ってしまった。その理由は中田がこのクラスのすべての男子から嫌われているからだった。柔道部のヒツジは、中田と同じ中学だったし、何より黒帯保持者の一匹オオカミで、クラスのなかのそんな事情などまるで気にしていないふうだった。僕は中田と一緒の班になってしまったら、このクラスでさらに孤立すると思った。そんなそぶりなどまるで見せずにいたのだけど、本心ではそのことをおそれていた。

本当はほとんど話したことのない木村やまるで学校に来ない吉田とではなく、中田とヒツジの方が気が合うし楽しいだろうとわかっていたのだけれど、そんな理由で断ってしまったことをこの半年のあいだ、ずっと後悔していた。

二日目、僕らB班は京都、河原町《かわらまち》のホテルから地下鉄に乗ってまず二条城《にじようじよう》に向かった。最後は次の滞在先である奈良のホテルに、班ごとに近鉄線に乗って自力でたどり着くことになっていて、僕らの班は夕方六時の特急に乗ることになっていた。

吉田は三年生になってもやはりずっと学校を休み続けていた。進級はできたものの、このままではきっと卒業できないだろう。それ以前に卒業する気もないのだろう。つまり僕らの班は宮坂木綿子と吉田が欠けて、四人となった。二条城のあとは金閣寺《きんかくじ》へ行き、ホテルで用意してもらったお弁当を鴨川《かもがわ》の岸で食べて少しその付近をぶらついてから、午後に銀閣寺《ぎんかくじ》と清水寺《きよみずでら》に行くことが決まっていた。

中学の修学旅行もやはり京都、奈良だったのでその多くはすでに行ったことがあった。このコースの大方を決めたのはミチコで、彼女の中学の修学旅行は東京だったらしく、清水寺と金閣と銀閣は絶対にはずせないと強引に言って、デブ山と木村と僕が従うことになった。二条城は、なぜか木村がどうしても行きたいと言って譲らなかった。

僕は一か所だけ行ってみたいところがあった。誰かが賛成するとは絶対に思えなかったけれど、班ごとのミーティングの席で言ってみた。

「坂本竜馬《さかもとりようま》のお墓」

デブ山とミチコは「はあ？　なに言ってんの、あんた」といった表情をした。宮坂木綿子だけが「なんだか面白そう」と反応したが、結局通るはずもなかった。

「お墓？　ずいぶん地味だね。でも坂本竜馬のお墓って高知の土佐《とさ》でしょ」

木村の間違いを訂正する気にもなれなかった。

坂本竜馬は幕末に京都で暗殺され、京都の霊山護國《りようぜんごこく》神社という場所に眠っている。僕は一年ほど前から幕末を題材とした歴史小説を読むことに没頭していて、その存在に強く惹かれていた。

「生まれて初めて地下鉄に乗った」

思わず口にすると「ださあ、田舎者」とミチコが言った。

木村は「オレはどうしても二条城に行きたい、それも朝一番に」などと主張していたくせに、実際に二条城を見学し始めても、たいして興味があるようには見えなかった。まだ建物のなかの見学が終わっていないというのに、ひとりだけ先にでてどこかに消えてしまった。途中で、庭園の一角に立って、きょろきょろとあたりを見回している姿をデブ山が発見した。

「木村くん、まさかあそこでおしっこでもするんじゃないよね」

デブ山が言ったので、ミチコも僕も思わず噴きだした。

三人が建物の見学を終えても、木村は庭園の一角に立ったままだったので、しかたなく砂利が敷かれた城内を歩いて木村のいるところまで行くことにした。少しして制服姿の女の子の五、六人の集団が足早に僕らを追い越していった。するとデブ山が突然に僕の脇腹を痛いほどついた。

「ほら、あの子たち、一葉《いちは》の制服、一葉だよ」

修学旅行生があちこちにいたのでまるで気がつかなかったのだけれど、確かにそれは同じ学区の、県立一葉女子高の制服だった。伝統校を象徴するかのようなイチョウ形の地味な赤いリボンに間違いはなかった。

「ああそういえば、一葉も修学旅行だって言ってた」

ミチコが言った。まあそんなこともあるんだろうな。

「ちょっと、ちょっと、どういうことよ」

デブ山が今度は険のある声を上げ、砂利の上でザッという音をおおげさに立てて足を止めた。ミチコと僕も歩くのをやめた。

一葉の集団のなかからひとりの女の子が駆けだすのが見えたのだ。驚いたことに二百メートルほど先に立っている木村に向かって、手を振りながら小走りに走りだした。木村もそれに気がつき、あいつのどこにそんな表情が隠れていたのかよと、思わず腹が立つほどの満面の笑みを浮かべた。あっけにとられて声もでなかった。

駆け寄った一葉の子と木村は求め合うように両手を取り合った。やがて高まった感情をどうすることもできず放出するかのように、手を激しく左右に振り始めた。その姿はちょっとこっけいでもあったし、十分に男女の営みの一端にも感じられ、卑猥《ひわい》にも映った。お互い、相手以外に何も目に入っていないのだろう、このままキスでもしそうな勢いだった。

「こういうことか……」

デブ山が、僕の隣で低く呟いた。

「あのオンナも、よくやるよ」

ミチコの吐き捨てるような声が背後から聞こえた。

僕はなんの言葉も浮かばなかった。それ以前にたいした感情らしいものも湧かなかった。ただ、諦めたみたいに、なんだかなあと思った。

木村に彼女がいたことも、いまのいままで知らなかったけども、そんなことはどうでもよく、彼女に会うのだったら諏訪の町中でいつでも会えるわけで、たまたま修学旅行の日程が重なったからといって、京都の二条城の庭園の一角で、それも僕らを巻き込みながら計画的に待ち合わせて、手を取り合って有頂天になっている目の前の男女とは、いったいなんだろうか。

自分に彼女という存在はこれまでたったの一度もいたことはなく、もちろんそんな存在が自分にもいたらどんなにすばらしいだろうと思うことはあっても、誰かとそんな関係を結ぶにはいまの自分はあまりに幼すぎる気がするし、自信もないというのに、長身ではあるがまるで感情を表にださず、何を考えているのかわからない一見地味な木村に彼女がいて、それも一葉の子で、その上、修学旅行先で会うことをひそかに計画していた。やがてひたひたと内に広がってゆく感情は、嫉妬《しっと》でも怒りでもなかった。デブ山とミチコと僕はだしに使われていたのだ。馬鹿にされた。

一葉の、残された四人ほどの女の子たちは僕らから四十メートルばかり離れた腰くらいの高さの生垣の向こう側まで歩いてきて、同じように木村たちを見ていた。どういうわけか誰もが明るく、何度か笑顔をこぼした。どうやら二人のことを祝福しているようだった。拍手さえしそうな勢いで、するとそのなかのひとりが本当に数回パチパチと手をたたいて、「よかったね」と口にするのが聞こえた。

木村が、やっと僕らの姿に気がついた。さすがにバツの悪そうな表情をして、ニヤつき、それでも不思議なほど堂々として、ズボンのポケットに手を突っ込んで大股でつかつかと僕らのもとへ歩いてきた。そのたびに砂利が乾いた大げさな音を立てた。デブ山とミチコは腕組みをして険しい顔でそれを迎えた。

太陽は僕らの背後にあって、木村の顔を正面から照らしていた。きれいに手入れされた松の木の枝の反射が長髪の木村の頭の向こうで反射していて眩しかった。

僕らは諏訪からずいぶんと遠い場所まで来て、ここで何をしているのだろうか。

「いったい、どういうことよ」

デブ山は腕組みをだらりと力なくほどきながら、小さく問い詰めるような口調で言った。

その声は怒りからというより、落胆の続きのように聞こえた。

「たまたま、会ったから」

「たまたま?」

「うん」

「……別に、いいけど。自由だから。どこで誰と誰が会おうと。よかったんじゃない、こんなところでばったり会えて、二人とも。いい思い出」

ミチコが言った。

僕は黙っていた。こんなとき、男である僕が何かを強く木村に言うべきなのだろうか。でも、こんな男にはかかわりたくないという気持ちの方がまさっていた。

木村の彼女も、同じように残された一葉の女子のもとへ戻っていった。その姿を横目で盗み見ると、思った通り祝福されていた。バスケットとかバレーボールの試合で得点を入れた者がベンチに戻って、みんなしてよろこびを分かち合う瞬間のようにハイタッチをしていた。

「青春って感じ……」

僕は小さく声にしてみた。そのあとで、

「なんだかなあ」

と大げさに声にすると、木村が僕をにらんだ。有無を言わせぬ強さがあった。

「あのさあ、突然で悪いんだけど、オレ、ここで別れたいんだよ」

「はあ？」

「絶対に迷惑かけないから、別行動ってことでいい？」

「すでに迷惑かかってます」

デブ山がムッとして言った。

「絶対に時間通りに京都駅に着くから。六時の特急、座席で待ち合わせようよ。席、指定だから、そこで会えば誰にもばれないから。彼女ともうそういう約束になってんだ」

「あんた、前から計画してたの？」

デブ山が一歩前にでた。

「まあ」

「だったら、もっと早く言うべきじゃなかったの？」

「駄目に決まっているでしょ、そんなこと。許されると思うの」

ミチコが割り込み、語気を荒らげた。木村は少し圧倒されたのか、一葉の集団の方を振り返った。一葉の誰もが同じように心配そうな顔をこちらに向けていた。

「解放してあげれば」

一葉のなかで一番背の高い、気の強そうなソバカスだらけの女が声を上げた。木村の彼女は恥ずかしそうに少しうつむいている。色白で面長な顔の真ん中の二つの大きな眼は玉砂利をぼんやり見て、何かが過ぎるのを耐えているように映った。

「勝手にしろよ」

できるだけ冷たく響くようにと願いながら僕は言った。そもそも最初からばらばらの班なのだから、この際本当にばらばらになってしまった方が、さっぱりして気持ちがいいとさえ思えた。

もし宮坂木綿子がいまここにいたら、どうしただろうか。きっと正義感の強い彼女のことだから、木村を説得したに違いない。

「じゃあ、そうさせていただきます」

木村は大げさに頭を下げた。

デブ山は木村に言われてもいないのに、まとめて持っている京都から近鉄奈良駅までの特急の指定席券の一枚を木村に渡した。

「大丈夫、きちんと行くから」

「だいなしになったこと、わかってるの?」

デブ山はこみ上げる感情を必死に抑えているようだった。

ミチコは「あのオンナも、よくやるよ」とさっきと同じことを木村に聞こえるように言った。

木村は笑顔とともに軽快にくるりと回転して、「あとはよろしく」と片手をあげると、さっきと同じように大げさに砂利の音を立てながら、ポケットに手を突っ込んだまま何かをかき分けるように出口の方に向かって歩きだした。一葉の女子たちの方を見ると、いつの間にか木村の彼女の姿はなかった。先に出口のあたりに行って、木村を待っているのだろうか。残された一葉の女子たちは、僕らとは対照的に明るく晴ればれと、みんなしてひとつのことをやり遂げたような顔をしていた。

考えてみれば、地元でも一葉の子と話したことなど一度もなく、いま何かを話せる絶好のチャンスなのかもしれないと脈絡もなく思う自分がいて、でも一葉の子のひとりが僕らを見ながらクスリと笑い、そのあとで何かを囁き合って、またこちらを向いてみんなして大きな笑い声を上げたので、急に自分たちがみすぼらしく感じられ、激しく惨めな気持ちになった。

「ブス」

ミチコがため息のようにこぼした。僕はミチコの言葉を引き継ぐつもりで、一葉の女の子たちに向かって同じく「このブス！」と声を張り上げた。

デブ山がいきなり走りだしたので、ミチコと僕もそのあとを追った。やがて息が切れた頃、誰からともなく笑い声が起きて、三人でけらけらと肩で息をしながら大きな口を開けると、なんだか奇妙な連帯感が生まれるのだった。

でもそのカラ元気も門をでるところまでしか続かなかった。

デブ山がいきなりこらえ切れないように小さく嗚咽《おえつ》して、覗き込むと目を赤くしていた。しゃがみこんだデブ山に僕は「さっちゃん」と声をかけた。そしておそらく彼女の身体に初めて触れた。肩に手を載せ、それから背中を二回撫《な》でた。本当は髪を撫でてもいいと思った。ミチコは困ったように僕らを見下ろしていた。

「わたしたち、ばらばら」

デブ山はしゃくりあげた。

僕らは小さな喫茶店に入った。暗く、山小屋を連想させる木目ばかりの古いお店で、客は僕らのほかに誰もいなかった。歩いていたらたまたま見かけたにすぎない。「入ろうよ」と僕が二人を誘った。とにかくデブ山を落ち着かせたかったからだ。もちろん喫茶店に寄る予定などなかった。

三人でアイスコーヒーを頼んだ。水出しコーヒーというのが、メニューのアイスコーヒーの隣に書かれていた。

「水出しコーヒーってなに？」

二人とも「さあ？」と首をかしげた。

「地下二百メートルから汲み上げた水で珈琲を淹れています」

メニューの端に書かれていて、その説明を目で追いながらアイスコーヒーが運ばれてくるのを待った。

デブ山が木村に好意を抱いているのを知っているのは僕だけだろうか。

「わたしたち、ばらばら」

デブ山はさっきと同じことを言った。

「まあ、初めからばらばらだったわけだから」

「宮坂さんがもしいたら、木村くんを止めてたかもね……」

ミチコは言ったあとで、手提げカバンの中をごそごそしはじめた。やがて「吸っていいかな？」と言った。驚いたことに、マイルドセブンの箱が握られていた。

「別に」

僕は答えた。

デブ山は何も言わずに下を向いた。もし先生に見つかったら、どんな処分が待っているのだろうか。最低でも謹慎一か月のはずだけど、修学旅行先で吸ったとなれば別の処分がさらに待っているだろう。

ミチコはなれた手つきで、テーブルに備えられていたマッチでタバコに火をつけた。シュボッという音がした。

「宮坂さん、いまごろ、何してるんだろ」

デブ山が呟いた。

「ほんと、何してんだろ、ベッドの上でできることってなんだろう」

ミチコがつまらなそうに言った。煙を吐きだした唇と頬と長いまつ毛が裸電球の明かりを反射させた。きれいな輪郭だ。

僕は宮坂木綿子の横顔を思い描いてみた。でも、うまくいかなかった。本当に、たったいま宮坂木綿子は何をしていて、何を想っているのだろうか。

こんなふうに生徒だけで喫茶店に入ってコーヒーを飲んだことなど、いままであっただろうか。きっと一度もなかったはずだ。きっとデブ山も、そしてその隣でタバコを吸っているミチコも似たようなものだろう。

高校では生徒だけで喫茶店に入ることは禁止されていたし、それ以前に喫茶店は通っている高校の駅前にはひとつしかなかった。その上、そこはどことなく飲み屋という感じで高校生が気軽に入れる雰囲気ではなかった。そのかわりというわけではないけれど時々、諏訪湖の近くのデパートの屋上の自動販売機コーナーで紙コップに入ったコーヒーをひとりで飲んだ。たったそれだけのことに十分に緊張したし、贅沢な気分でもあった。眼下に諏訪湖を望みながら、コーヒーの香りをかいでいると、ちょっと大人になったような気がしたし、日常から少し抜けだしたようで、気に入っていた。いつか宮坂木綿子をここに誘ってみたいとも思った。

カウンターの向こうの白髪のマスターは古びた食器棚の上に載った小さなテレビ画面を退屈そうに見上げていた。映りのよくないそこからこぼれてくる声は、先日北海道の夕張《ゆうばり》炭鉱で起きた大きなガス爆発事故の続報を告げていた。六十二人目の死亡が確認されたと伝えていた。

「あの、守屋くん、特別なお知らせです！」

ミチコが唐突に、決心の末みたいな声を上げた。

「さえないあなたのために、いいところに向かいます」

「どこ？」

デブ山も驚いた顔をミチコに向けた。

「わたしたちは、どういうわけか、これからお墓参りに行きます！」

「えっ、マジ？」

「まあ、坂本竜馬って人がどんな人だったのか、わたしも知りたいし」

ミチコは照れるように続けた。

ずっと以前、「坂本竜馬のお墓に行きたい」と僕がおずおずと発言したことを、彼女がいまも覚えていること自体が意外だった。あのときミチコは憎たらしいほど面倒くさそうに「はあ？ なに言ってんの、あんた」という顔をしたのだ。

「さえないのは、守屋くんだけじゃないけど」

ミチコはタバコの火をなれた手つきで灰皿の上でもみ消した。

「わたしたち、ふられちゃったわけだから、あの男に」

僕はデブ山の顔を覗き見た。テーブルのあたりを見つめているようで、二つの眼は右に行ったり左に行ったりしていた。

「もう忘れようよ、あいつのことは」

努めて明るく言ってみた。

「忘れるってほど、大げさなことでも、奴でもないけどさ」

ミチコの言葉にデブ山は反応することもなく、表情はぼんやりしたままだった。

僕らは早速地下鉄に乗って河原町駅で降りて、それから円山《まるやま》公園を突っ切った。あれほど時間をかけて練り上げた今日一日の「班行動」の計画は意味のないものとなった。爽快でさえあった。自分たちが何かに対して反抗している実感があった。はたして何に反抗しているのだろうか。木村だろうか、学校だろうか、それとも自分だろうか。

円山公園の向こうにこんもりとした山がいくつか見えて、どれもがお椀を伏せたようで、ずいぶんと上品に映った。諏訪から見える山はどれも野暮ったいからだ。坂本竜馬のお墓はその山の麓あたりの霊山護國神社の中にあって、僕らは登り坂をゆっくりと上った。

まさか先生や同じクラスのほかの班に、ばったり会うことはないだろうけども、会ったら会ったときだという気分だった。

一度道がわからなくなり迷いかけたけれど、何より僕らは地図を持っていたし、公園の売店のおばさんに「坂本竜馬のお墓に行きたいのですが」と問うと、親切に教えてくれた。

思いがけず僕の胸は高鳴っていた。坂本竜馬は暗殺の末に亡くなっているのだけど、その人が埋葬されている場所に確かに立っていることへの興奮みたいなものだった。

どうして、歴史上のその人に惹かれるのだろうか。自分が持っていない、あらゆるものを持っているからだろうか。いまという時代ではなく、その時代に生まれていたらよかったのにと妄想に近いことを考えている自分がいて、そんなふうに考えることはずいぶんと幼稚だとわかっているつもりだけれど、本当のことだった。

苔むしたお墓を目の前にすると、ちょっとした震えがやってきた。写真で見た通りだ。

驚いたことにお墓の周りには、千羽鶴や供えたばかりと思われるお花があった。まるでつい先日亡くなった人のように映った。さらにお墓までの通路にいくつも石板が立てかけられていて、よく見ればどれにも文字が書かれていた。いくつかを読んでみると、自分の夢や坂本竜馬への思いを熱く綴《つづ》ってあった。名前の下に年齢が記されていて、多くが十代や二十代の若者が書いたものであることを知った。

不意に心を打たれた。この場所に来たいと思っていたのは僕だけではなく、日本のどこかに住んでいる何人もの若者が似たような思いを抱き、すでに訪れていたその痕跡に触れたことに対して。

「この人、何したんだっけ？」

デブ山がのんきなことを言うので「薩長連合と大政奉還をやり遂げた、幕末の志士だよ」と説明した。坂本竜馬の隣に中岡慎太郎《なかおかしんたろう》の墓標が立っていた。

「この人も坂本竜馬と同じ土佐出身で、坂本竜馬とともに暗殺されてしまったんだ」

「同じ日に？」

「中岡慎太郎はたまたま居合わせてしまって、巻き込まれてしまったようなものなんだ。

坂本竜馬は不意を衝かれたからさ、刀を手にする隙《すき》もなく切られて即死に近かったんだけど、中岡慎太郎は二日後まで生きていて、だからそのときの状況を話したりしていて記録が残ったんだ」

二人は僕の話を感心したような顔をして真剣に聞いた。

「脩くんは、本当にこの人が好きだったんだね。だって、いつもと口調、変わってるもん」

デブ山が言った。

「じゃあ、証拠写真撮るよ。ほら、ぼけっとしてないで、早くそこに立ってよ」

デブ山はバッグの中から、コンパクトカメラを取りだした。ここに来るまでのあいだも、デブ山はすでにあちこちにカメラを向けていた。

「ほら平和な時代だから、ここは迷わずピース！」

照れくさかったけど、素直に従って、指を二本立てて、デブ山が構えた小さなカメラのレンズを見つめた。

小さなシャッター音が、耳に届いた。

「ほら見てよ、すごい」

ミチコが振り返ったので、デブ山と僕も指差す方を向いた。思いがけず、木々の青葉のあいだから京都の町が一望できた。

「京都も盆地かあ」

確かにミチコの言う通り、遠くに山が見え、そのぎりぎりまでぎっしりと家並みが続いていた。お寺らしき建物の瓦屋根がいくつもあったし、鴨川の流れに太陽がきらきらと反射していた。

「みんなどこにいるんだろ」

デブ山がミチコに向かって、ひとりごとの続きみたいに言った。

「あのなかを、ごそごそ歩いてんだよ」

「ごそごそ？」

「うん。ここからわたしたちに見られていることも知らずに。でも木村と一葉のオンナはきっと鴨川の土手あたりで、こそこそだけど」

ミチコの表情は、明るかった。それから大きな声で「バーカ」と言った。

三人で長いこと、黙ったまま飽きることもなく京都の町を眺め続けた。新緑は目に優しかった。心地よい風が時折吹いて、僕が締めたネクタイの端を揺らし、デブ山とミチコのスカートの裾をヒラヒラとなびかせた。諏訪も同じく盆地だけれど、ここはずいぶんと違う。

ふと初めて、この町に来てよかったと思えた。

「わたしはいま好きな人っていないし、見つけるつもりもないの。だって卒業したら、ばらばらになるだけだから。木村くんたちだって、きっと別れることになると思う」

ミチコの声が届いた。デブ山が木村のことを好きだということを知った上で口にしたのだろうか。デブ山が口を開くのを待った。でもデブ山は黙ったままだった。

「守屋くんは好きな人いるの？」

ミチコが言った。いないと答えるのは簡単なことだった。

「いるの？」

「さあ……」

「宮坂さんでしょ」

否定はしなかった。でも、とっさに頭に浮かんだのは宮坂木綿子ではなくて、東京に行ってしまった渡辺先輩が眩しそうにこちらを見ている姿だった。

またしばらく京都の町を眺めた。幕末という時代に、この町で文字通り命を賭けて駆け抜けていった青年たちがいた、という事実について思いを巡らせた。

「湖の氷はとけてなほさむし、三日月の影波にうつろふ」

声にしないまま言葉にしてみた。

僕らは歩いていける清水寺に寄り、さらに鴨川まで歩き、その土手に座ってホテルで用意してもらったお弁当を食べた。木村と一葉の女が本当にひょっこり現れるような気がした。さらに河原町通りをぶらつき、書店に寄りゲームセンターに入った。

次第に僕らは退屈してきた。こんなことだったら、途中からでも予定通りに金閣寺か銀閣寺あたりに向かえばよかったのではないかと思ったりもしたのだけれど、誰もそんなことは言いださなかった。

歩き疲れてまた喫茶店に入った。朝入ったところとは雰囲気が違って、天井あたりまでガラス張りの、大通りに面した明るいお店だった。レジ横の棚に積まれた古い週刊誌や漫画本をそれぞれが適当にとっては読みふけった。

僕らはこんなところで、何をしているのだろうか。遠い町まで来て時間をもてあましていることが無駄に思えたけれど、腰を上げる気持ちにもなれなかった。

ふと気がつくと通りの向こうの空が暮れ始めていた。でも、僕はまた雑誌に目を落とした。「浪速《なにわ》のロッキーこと赤井英和《あかいひでかず》、重体。脳出血で手術」という記事を目で追った。書かれていることを特別知りたかったわけではない。テーブルをはさんだ向こうに座る二人のうちのどちらかが「じゃあ、そろそろでようか」と口にすれば、迷うことなく立ち上がり、僕が持っている「行動費」のなかからコーヒー代を払って、地下鉄ではなくタクシーに乗って京都駅に向かっただろう。でも誰からもその声は上がらなかったし、僕も上げなかった。

腕時計ではなく壁にかかっている時計を盗み見ると、あと少しで短針が六時に触れるところだった。どんなに急いだところで絶対に僕らは六時の特急には間に合わない。いまごろ、木村は僕ら三人が現れず相当に慌てふためいていることだろう。四つの指定席の三つが空いたままの車内にいる木村の顔を頭に描くと、おかしくて笑いがこみ上げてきた。デブ山とミチコも真剣な面持ちで女性週刊誌に目をやっている。でも二人ともきっと何も読んでなどいない。

やがて二人のどちらかが、慌てた声をわざとらしく上げるだろう。

「あれ、もう六時過ぎてるよ、大変！　わたしたち乗り遅れちゃったよ、どうしよう！」

その声が聞こえるまで、僕は雑誌に再び目を落とした。

4

学校からの長い坂をひとりくだりながら、盆地を囲むすべての低い山々の色がいつの間にか濃い緑色に変化していることを知った。もうじき夏が来る。知っているけども、まだ体験したことのない新しい季節が来る、と思った。

でも夏の気配など盆地のどこにも見あたらない。諏訪湖も空の青を静かに反射させているだけだ。それでも夏がすぐそこまで来ていることを感じることができる。若い肉体だけが、そのことを察知できる能力を携えているかのように。

修学旅行が終わって、また日常が帰ってきた。

あの旅行は僕らにはたして何をもたらしたのだろうか。クラスの雰囲気は修学旅行の前と後では明らかに変わった。まとまりができた、と言うこともできたし、その逆とも言えた。班ごとのまとまりは強くなったかわりに、ほかの班とは逆によそよそしくなったからだ。

ただひとつ僕に起きた大きな変化をあげると、部活動を再開したことだった。一年の夏に、水生昆虫部という部に入部した。でも二年生になってからはまったく顔をださなくなった。そもそも入部したのは同じ中学のひとつ上の先輩が部員にいて「たいして忙しくない部だし、適当にやれるから。それに何より部室が使えるからさ」と言われたからにすぎなかった。

中田がいま水生昆虫部の部長となっていることを、修学旅行の最中に本人から聞いた。まるで知らなかった。一年生のときからクラスのほとんどすべての男子から嫌われてしまっている中田と言葉を交わしたのは、本当に久しぶりのことだった。

「守屋くん、もしその気があったら水生昆虫部に戻ってくる気ない？」

奈良の旅館の部屋でのことだ。大部屋いっぱいに布団が敷かれ、一番端が中田でその隣が僕だった。布団から顔だけ遠慮がちにだして、中田は静かに言った。いつものようにふちなしの丸いメガネをしたままだった。

とっさに、なんと答えていいのかわからず、

「考えてみる」

とだけ答えた。

修学旅行の班分けをした二年生の秋に、僕は中田と柔道部のヒツジから一緒の班にならないかと誘われたが、断ってしまった。それは中田がクラスでとにかく嫌われているという理由によった。当然ながら、中田も僕がそんな理由で断ったことをわかっているはずだ。だから「水生昆虫部に戻ってくる気ない？」という言葉の真意がわからずに口ごもり、何より焦ってしまったのだ。中田は僕に対して腹を立てていたり、少なくとも何かしらの感情を抱いているはずだ。はたして中田は何を考え、どのような思いから、そんなことを言いだしたのだろうか。

でも、僕は修学旅行から戻り、数日後に中田に、

「水生昆虫部に戻りたい」

と告げ、部活動を再開することにした。

水生昆虫部という風変わりな部は、新設校に最初に赴任してきた生物の先生が創部した。野球部とかサッカー部とかバスケット部とかバレー部といった運動系の主要な部は上からの働きかけがあって、監督やコーチとなりえる先生が送り込まれてきたらしいのだけど、文化系はまるで手つかずの状態だったらしい。たまたま生物の先生が水生昆虫を趣味程度に研究していて、「水生昆虫部をつくりたい」と声を上げたら、すんなり通り誕生したら

しかった。もしその先生が金魚が好きだったら金魚研究部ができていたかもしれないし、亀が好きだったら亀研究部なんてものができていても、なんの不思議もなかったのだろう。とにかくそんな理由でできあがった「水生昆虫部」の四代目の部長が中田だった。

本当に久しぶりに理科実験室を訪れた。ドアを開けると、かすかにエタノールの臭いが鼻をついた。

中田は、理科実験室の端っこに笑顔で立っていた。白いカーテンを通した柔らかな西日が彼の背後から当たり、坊ちゃん刈りのその髪を照らしていた。

教室では下を向いているだけだし、昼休みにはいつの間にかどこかに行ってしまう、まるで存在感のない、いや存在をできる限り消すことによって存在しているようにさえ感じられる中田が、いまここでは堂々と立ち、当たり前に、普通に声をだし、部員である二年生や一年生と会話していた。ただそれだけのことに驚きすらおぼえた。三年生は中田ひとりだった。

「この間、少し話した同じクラスの守屋くんです。一年生のときはまじめに活動していましたが幽霊になってしまいました」

二年生の女の子が、くすっと笑ったので、中田が笑い返して「でもまた生き返りました」と言った。

中田がつくりあげたのであろう、後輩たちとの関係が目に見えるようだった。知らないあいだに、こんなところで中田は生きていたのだ、という奇妙な感覚があった。クラスでは誰からも話しかけられもしない中田が、ここでは信頼されるリーダーであり、笑顔をこぼし、自然に話し、何よりリラックスしていた。

すると余計に、どうしてここへ僕を呼び込んだのかが、ますますわからなくなった。きっとこの場所は中田にとって学校のなかで唯一残された居場所に違いない。そこへ積極的に部外者を入れたりするだろうか。

理科実験室は校舎の突き当たりにあって、東側と西側の両方に窓があった。東側の窓に面した備えつけの机の上に、一年生の男女が顕微鏡を並べ始めた。窓の向こうに、すぐそこまで迫っている山の濃い緑が見えた。一年生の頃と何も変わらない。僕は中田の姿を目で注意深く追った。

初めての知らない道を夕方、僕はひとりで歩いた。もうじき山の向こうに日が落ちそうだった。高校のある駅のひとつ先の駅。その駅前から少し離れた旧道沿いの道。諏訪湖からは少し遠い。自分の家とは反対方向なので、ほとんど来たことはなかった。

駅から十分以上歩くと、以前、宮坂木綿子が自分の家のあたりを説明するときに使った

「うらぶれた商店街」という言葉のままの通りが現れた。まだ鉄道がこの地を走っていない頃に栄えた、街道筋の宿場町の名残り。

いろんなお店がぽつぽつと軒を連ねていたが、全体的にうっすらと埃《ほこり》をかぶったように見えた。三分の一ほどのお店のシャッターは閉まったままだった。唯一色を感じるのは、外灯にくくりつけられた蛍光色のプラスチックの葉っぱのような飾りだけで、それが時折ガサガサと音を立てて風に揺れた。

宮坂木綿子の家を僕は探していた。時々、来た道を振り返った。帰り道を確認するためではない。冬の日に彼女と歩いた学校からの帰り道、

「わたしの家はあのあたり」

と言った言葉を思い出していたからだ。ここからあの通学路が見えるかを確認したかった。小さな交差点で振り向くと、家と家のあいだから学校へ続く長い坂道が確かに見えた。あの日、彼女はここを指差していたのだ。

手には住所を記したノートの切れっ端を持っていた。学校で生徒名簿から書き写してきたものだ。電話番号も載っていたので電話をすることだってできたけれど、なんとなく気後れした。それより家を直接訪ねてしまう方が気が楽だった。

ありえないことだけども、彼女が松本の病院から退院して自宅療養している可能性がな

いわけではない。でも限りなくゼロに近い。彼女が不在だからこそ、自分は向かっている。会うことがないからこそ、向かっている。会うのが怖い。では、何が怖いというのだろうか？

僕は修学旅行で彼女にお土産《みやげ》を買った。清水寺の近くのきれいな石畳が続く参道で見つけた、舞妓《まいこ》さんの姿を和紙で折った色違いのシオリが三枚入っているもの。

きっと彼女はベッドの上から動けないはずだから、読書ばかりしているだろう。だからシオリかな、という単純な発想にすぎなかった。それに女の子というのは、こんなコマゴマとしたものが好きなはずだという勝手な思いがあった。

副担任の五十嵐は、あれから彼女の病状についてホームルームで説明していない。だからといって、わざわざ五十嵐に聞く気にもならなかったし、そもそも五十嵐が彼女のその後のことを詳しく知っているとも思えなかった。

いくつかの軒先に住所表示があったけれど、心細いほどに時折思い出したようにあるだけで、彼女の家は簡単に見つかりそうになかった。せめて父親の名前だけでもわかっていれば、表札を手がかりになんとかなりそうなのに、と思った。

古びた大きな木の板に、「宮坂寫眞館《しゃしんかん》」と横書きで右から彫られた看板を掲げたお店が目に入った。宮坂という苗字は諏訪ではとても多いけど、このあたりは特に多いらしく、すでに宮坂酒店とか宮坂電器店を通り過ぎていた。

店の脇に小さなショーウィンドーがあって、赤ん坊が母親に抱かれた写真や七五三や入学記念や成人式の写真らしいものがガラスの向こうに木製の額に入って並んでいた。僕はそれをぼんやりと眺めた。ずいぶんと色あせていて、写っているどの人も半分眠ったまま佇んでいるように映った。

それでも明かりがついていたので住所を訊ねてみようと思い、やはり「宮坂寫眞館」と金色の文字で書かれた、大きなガラスがはめられた木の戸を開けた。

「いらっしゃい」

男のしゃがれた声。少しして、奥の方から現れたのは白髪の老人だった。

「シモコウの生徒か」

僕が着ているブレザーからわかったのだろう。

「証明写真か?」

「いえ……」

「じゃあ、フィルムか」

ぶっきらぼうな口調に、入ってしまったことを短く後悔した。

「いえ、あのう、ちょっと友達の家を探していまして、わからなくなってしまったので、この近くだと思うのですが……」

「そうか、誰んちだ？　だいたい知ってるで、なめぇを言ってみろや」

名前のことを「なめぇ」と言うのは、ある世代から上と決まっている。僕らの世代では誰も使わない。

「宮坂木綿子という子の家を探しています」

「ユウコ？　ユウコか」

どうやらこの老人は宮坂木綿子のことを知っているらしい。

「ところで、おめさん、誰だ？」

やはり訛りで訊ねられて、僕はちょっと焦った。逆にこの人はいったい誰だ、と思った。

「木綿子はおらあの孫だで」

「孫？」

宮坂木綿子の父親が学校の先生だと本人から聞いたことはあった。でも家が写真館だとは一度も聞いていなかった。

「あのう、ここは宮坂木綿子さんの家なのでしょうか……」

「だで、さっきからそう言ってるずら」

「はあ、そうなんですね……」

「で、おめさんは誰だね」

老人の表情が、さっきより和らいでいた。

「……木綿子さんと同じクラスの守屋といいます」

「そうか、守屋くんか」

老人の声は明らかに、うれしそうだった。

「で、何しに来ただ？」

言葉に詰まった。

修学旅行のお土産がカバンの中に入っている。それを渡すために来たはずだ。そう答えるのは簡単だけれど、でも口実にすぎない。では、なんのために？　ふと宮坂木綿子に対して、自分が何かしらの行動を起こしたいという欲求のようなものに突き動かされて、ここまで来たことに気がついた。

「あのう、このあいだ、修学旅行に行ってきました。木綿子さんと僕は同じ班だったんです。だからお土産を買ってきたので、渡そうと思って……」

老人は僕の言葉に何度もうなずいた。

「そうか、そうか。じゃあお茶でも飲んでけ。コーヒーにしとくか？　どっちが好きだ？」

僕が黙っていると「お茶かコーヒー、どっちだ」と語気を強めて訊ねるので「コーヒーをお願いします」と慌てて答えた。

宮坂木綿子の祖父がコーヒーを淹れるために奥の居間の方へ消えてから、フィルムや額などがおさめられたガラスのショーケースの前の丸いテーブルの下にあった丸椅子のひとつに腰掛けた。

ショーケースを眺めると、中に置いてあるどれもが埃をかぶっていたし、フィルムの箱の外装は明らかに色あせていた。僕は顔を上げ店内を確かめるように見回した。蛍光灯に照らされたすべてが寒々しかった。宮坂木綿子を連想させるものは何ひとつなかった。壁に貼られたフィルムメーカーのポスターもすでに変色していた。その中で微笑むアイドルらしい女の子の顔に見覚えはなかった。天井付近の額に入っている写真の中の幼い女の子にもやはり見覚えはなかった。

でも、もう一度注意深く見ると、誰かに似ていることに気づいた。おそらく小学生の頃の宮坂木綿子の姿だ。ずいぶんと太っていた。そのことに正直、驚いた。でも、なんだか温かなものに急に包まれたような気分になった。石油ストーブの匂いのようなそれ。本当にここは彼女の家なのだ。実感がやってきた。さっきまで老人が「孫だ」と口にしても、からかわれているような気がしてしまっていたというのに。

ぐるりともう一度頭を振るようにお店の中を見回した。彼女にとっては、きっとあまりに見慣れた場所なのだろう。僕がいまここにいることを彼女が知ったなら、きっと驚くだろう。

老人はやがて小さなお盆を両手で持って現れた。コーヒーカップが二つ載っていて、インスタントコーヒーの匂いが漂った。

僕はかわいい花柄の紙袋を老人に渡した。

「何が入っているだね？」

「シオリです、木綿子さんに渡してください」

「ありがとう。きっとよろこぶ」

老人はコーヒーをひと口すすり、それ以上何も口にしなかった。やはり彼女はいまこの家にいるわけではないのだろう。

それから僕はカバンからビニール袋に入ったままの「生八つ橋」の箱をさらに取りだし、そのまま渡した。自宅を訪ねるので、手土産のようなものがあった方がいいような気がしたのだ。だから、親戚用に買ったそれを急遽、持ってきた。

老人は、ちょっと困ったような顔をして、それをテーブルの真ん中に置いた。僕はコーヒーカップに口をつけた。少しぬるかった。

「木綿子は松本の病院に行ってる、知ってるだか？」

ビニール袋に印刷された、お土産店や五重塔らしき絵のあたりを見やったままだった。

「はい。先生から聞きました」

「ほうゆうだ。だったら、いいだ。おめさんが、木綿子がここにいると思って訪ねて来ただったら、悪いことしたなと思っただけだ」

「ここは写真館ですよね？」

わかりきっていることを、あえて口にしてみた。

「ああ、そうだ」

「古いんですか？」

「まぁ、昔ながらだけど、いまじゃ半分死んだみてえなうらぶれた店だけど。二十年前は成人式の日にゃあ、行列ができたずらよ」

宮坂木綿子と同じ「うらぶれた」という言葉を老人が使った。

「行列？」

「ああ、記念写真を撮るためずら。待つために決まってるら。きれいな振袖を着た女の子がずらりと。あの頃は本当に、華やかだっただよ」

意味が理解できた。

「女の子をキレイに撮るのが、こう見えても得意だだよ」

老人は目尻にしわをつくりながら笑い声をあげた。

「いまはもう行列はできないのですか？」

「行列どころか、ひとりも来ないさ。いまはそうゆう時代」

そうゆう時代。舌の上で転がしてみる。

「おらあの代でこの店も終わりずらよ」

「そうなんですか……」

「じゃあ、せっかくだで、いただくとするか」

老人は生八つ橋の箱をビニール袋からだし、包装紙をバリバリと破り始めた。そのしぐさがどこか子どものようで、おかしかった。

やがて現れた生八つ橋を、老人は僕に勧めた。

「これはなんというもんだ」

「生八つ橋といいます。京都では有名みたいで」

「そうか、そうか」

老人はひとつ口に放り込んだ。

「こりゃいい、柔らかくて老人向きだ」

また笑った。

「守屋くんは、木綿子と同じ班だったか。それは知らなんだ。楽しかったか？　旅行は」

楽しかったのだろうか。とにかく僕は「はい」と条件反射のように答えた。

「こんなもんも、食えなくなっちまっただよ」

「はあ？」

「木綿子のことだ。だで、おらあとあんたで全部食っちまおうよ」

老人はテーブルの上に手を伸ばした。僕も同じように、もうひとつ生八つ橋を摑み、口に運んだ。

「木綿子さんは食べられないんですか？」

「ああ」

考えてもみないことだった。何か話題を探そうとしたが、何ひとつ思い浮かばなかった。

沈黙が始まった。ここに向かっているあいだは、家の人に彼女の病気の名前とか病状とかを聞くつもりでいた。だけど、それを聞きだす気持ちにはなれなかった。

「あの写真、木綿子さんですよね」

僕は天井近くの額を指差した。

「ああ、そうだ。よくわかったな。おらあが撮っただよ。小学二年か三年だったかな。木綿子はあの写真が嫌いでね。なんでか、わかるか？」

「太っているからですか？」

「そうさ、その通り」

老人は顔中しわだらけにしてまた笑った。

「だで『じいちゃん、写真をはずして、はずして、恥ずかしいよ』ってよく言っただけど、中学に入った頃から急に背が伸びてすらりとして、それからは何も言わなくなっただ」

「そうですか」

僕らは、遠い日の彼女を二人して無言のまましばらく眺めた。

「木綿子はいまごろ、何をしてるだか」

僕はもうひとつ生八つ橋を口に入れた。ニッキとアンコの味が口の中で混じり合っていった。

老人は「だいぶ暗くなってきたな……そろそろか」と口にしながら、ゆっくり立ち上がり、外にでて行った。僕もつられるように後を追った。

やがて何かのスイッチに手を触れると、ショーウィンドーの四角い空間が蛍光灯に照らされた。額に入った写真のなかの人たちの誰もが、急に目を覚ましたように感じられた。

「成人式以外の写真は全部、木綿子だ」

そう言われて、初めてそのことに気がついた。生まれたばかりの赤ん坊。七五三。赤いランドセルを背負った小学一年生。たすき掛けに白いカバンを肩に掛けた中学一年生。そしてブレザーを着て黒いカバンを片手に提げている高校一年生。どれもが彼女だった。振袖を着た女性だけが、近所のお客さんだという。

「木綿子が成人したら、また撮ってここに飾るずらよ」

蛍光灯の明かりをかすかに浴びながら、老人はじっとショーウィンドーの中の写真たちを見つめていた。

5

西日の差し込む理科実験室は、その反射光が天井まで届き、教室全体を明るく照らしていた。一年生と二年生が、顕微鏡を先生のいる隣の研究室の鍵のかかったロッカーから持ちだし、東側の机の上に並べ始めるのを、僕は部屋の隅に置かれたイスに座って眺めた。

窓を開けると、ブラスバンド部が練習する吹奏楽器の音が流れ込んできた。それに重なって時折、人の声が届いた。野球部だろうか、サッカー部だろうか、それともテニス部だろうか。

ふと「青春」なんて言葉が頭に浮かぶ。使い古されたその言葉はいったい何をさしていて、何をそう呼ぶのだろうか。窓の向こう側から届くその音と声たちのことを、呼ぶのだろうか。はたして宮坂木綿子のいまは「青春」と呼べるのだろうか。そして、僕もその時間のなかにいると言っていいのだろうか。

中田はまだ来ていない。部長連絡会というものがあって、それに出席しているらしかった。教えてくれたのは二年生の女の子だった。秋の文化祭に向けて、それぞれの部が何を発表するのかを決めなくてはならない時期に来ていて、それについて話し合っているのだという。中田がそんなことを当たり前にしていることに驚いた。

顕微鏡が机の上に置かれた。三台のそれをそれより多い部員で使うのは、僕が一年生の頃と変わっていなかった。この部を創設した先生がどこかで手に入れた、分厚い『淡水・水生昆虫観察図鑑』という名の文章と線画で構成された図鑑も変わらず一冊しかなかった。机の上にフタのついたガラス瓶がいくつも並べられた。その中にカゲロウやカワゲラの幼虫が入っている。いつも思うことだが、それらは佃煮の瓶を連想させる。

なかに巨大な瓶がひとつあった。いろんな幼虫が混じっている。それを見て最近、採集に行ってきたばかりだとわかった。

春から夏の初めにかけて、盆地のあちこちの渓流に頻繁に採集に行くのが部の大きな活動のひとつだ。その時期に採集に行くのには理由があって、水生昆虫の多くが羽化する時期だからだ。学校から近い場所だったら土曜日の午後に、少し離れた場所だったら、日曜日に採集にでかける。

手作りした三角形の網を川の中に突っ込み、上流の石をひっくり返したり、川底を足でかき回す。そんな単純な方法ではたして何が採れるのだろうかと、初めてそれに参加したとき思ったが、網を上げてみると小さな虫が無数に入っていて、心底驚いた。そのほとんどはカゲロウとカワゲラの幼虫で、とにかく、羽化するまでの時期に採れるだけ採って、それを元に一年間研究することになる。

学校に持って帰った昆虫はゴミなどを取り除き軽く洗って、採集日や採集場所を記入した瓶に入れてエタノール漬けにする。

日々の活動はそれをひたすら分類することが主となる。分類することを専門用語では「同定」と呼び、誰もがその言葉を使いたがった。

同定は、図鑑に書かれている方法に従うことになっていた。正しくはその図鑑以外に、同定する方法を誰も知らなかった。部を創設した理科の先生は、すでにこの学校にはいない。いまだにその図鑑だけを頼りにしていることを知って、生徒から生徒に引き継がれてゆく知識だけが、この部をなんとか生かしていることを改めて知った。

水生昆虫を同定した先にはほとんど何もない。数を数える程度だ。そこから何かの研究が発展することはない。つまり、たかだか高校生の知識だけでは、先に進めないのだ。

昆虫を生かしたままにして、生態を観察したり研究することもなかった。採集したらすべて殺してしまう。水槽に移し、飼育しようとしたところで、すぐに死んでしまうからだ。

はたして何が楽しいのだろうか。一年生の頃と同じ思いが、ふと湧き上がってきた。

一年生はまずはカワゲラの同定から始める。カワゲラの方が同定が簡単だからだ。体長二センチほどのナミカワゲラがもっとも見分けがつきやすいし、たくさん採れた。特徴は頭の部分にM形の模様があることで、わざわざ顕微鏡を通して観察しなくても、その模様は肉眼で判別のつく大きさだ。頭部や前胸、中胸、後胸の斑紋や、ウイングバッドと呼ばれるものがあるかどうか、足のつけ根にわき毛のような形状をしたエラがあるかどうか。それらが同定する上で重要な判断材料となる。

同定されたものは、その種ごとにビーカーに分けられる。それがあらかた終わると、どこの川にどの種が何匹いたのかを数える。そして秋の文化祭でそれらをグラフにして、研究発表することになる。ただ発表するといっても、それをまじまじと興味深く見る者などいない。

僕は並べられた一番大きなガラス瓶に目をやった。僕が一年生の頃からあったそれ。最後まで同定することができなかった幼虫がそこに入れられる。同定不能のものが必ず残るからだ。そればかりを集められた瓶は、「墓地」と呼ばれていた。

部活動が終わってから、駅までの道を中田と歩いた。こんなふうに中田と歩くのはたしか一年の春以来のことだ。

一年生と二年生が顕微鏡と瓶やビーカーやピンセットを片づけているとき、何もすることがなくぼんやりとしていた僕の方を中田が振り返った。

「一緒に駅まで帰ろうよ」

断る理由などもちろんなかった。

「ああ、いいよ」

夕焼けが西の山から頭上に向かって、次第に薄くグラデーションとなって広がっている。それがそのまま諏訪湖に反射していて、ずいぶんと奥行きが感じられた。心の底からきれいだと思った。

そのことを中田に向かって口にしようとしたけれど、気恥ずかしさが先に立ってやめた。僕らは田舎の高校生なのだから「きれいだね」なんて言葉など似つかわしくない、と思う。でも、きっと隣を歩いているのが、中田ではなく宮坂木綿子だったなら、そんな言葉もどうにか口にできただろう。

部長連絡会で、どのようなことが話し合われたのかを僕は訊ねてみた。

「たいしたことないよ、僕たちの部は相手にされてないから」

あっさりした返事だ。

「それより僕たちのクラス、どう思う?」

「どう思うって？」

「だから、まとまりがあると思う？」

なぜそんなことを聞くのだろうか。そんなはずなどないことを、中田が一番よく知っているはずだ。

「あるとは思えない」

正直に答えると、中田は小さくうなずいた。

「僕って、明らかに嫌われてるよね」

胸のあたりがざわついた。

「二つの顔を持つことをこの高校に来て覚えたんだよ……。僕が言っている意味わかる？」

「よくわからないけど……」

「……あのさぁ、思うんだけど、守屋くん」

「なに？」

「君も僕と同じ種類の人間なんじゃないかな……」

「よくわからないけど」

僕は同じ言葉を繰り返した。

「君は楽しそうじゃないんだよ」

「は？」

「僕は時折、君をこっそり見ている。いつもつまらなそうなの、知ってるよ。でも、去年、国語の時間に作文を書いて発表することがあったよね。そのとき、君の作文、面白すぎて爆笑されたよね。あんなユーモアを君がもっているなんて誰も知らなくて、ギャップがあったから余計に受けたんだと思うけど……」

中田はいったい、何が言いたいのだろうか。

「クラスで、男子と女子どっちに激しく嫌われてんのかな？」

中田は自嘲気味に小さく笑った。

真剣に考え、正確な何かしらのことを口にしたかった。だけど、何も言葉はやってこなかった。話を変えるつもりもなかったけれど、違うことが浮かんだ。

「部活、楽しそうだよね」

正直な気持ちだ。

「まあね」

「同定の仕方っていまも変わらないんだね。さっき、一年生と二年生がやっているところを見てた」

「ああ、進歩はないよ。だって、教えてくれる先生がいないんだから。無人島にいるみたいなもんよ」

「無人島？」

「そう、いつもそんな気がしてる。外からはまったく情報も知識も入ってこないから、僕らは無人島の住民。あの図鑑で完結しているわけ。それも完全には理解できないし。専門的に研究している人が見たら、僕らのしてることなんて、ほんと子どもの遊びでしょ」

確かにその通りなのだろう。諏訪大社の森を過ぎた頃、「今日の諏訪湖、きれいだったね」と中田が口にした。僕は素直にうなずいた。

「守屋くん、ちょっとお願いがあるんだけど……」

「なに？」

身構えた。

「言いにくいことなんだけど、ちょっとだけ、手をつないでくれないかな？」

「え？」

中田の顔をまじまじと見た。

「だめかなあ……」

その声は弱々しかった。

「どういう意味？」

身体全体が急激に緊張してゆく。

「あの、まだ女の子とも手をつないだことがないんだよ」

とっさにそんな言葉が浮かび、口にすると、ずいぶん妙なことを言っていることに気がついた。中田と、目が合った。

「だから、それが、どうしたの？」

その目はそんなふうに訴えているように感じられた。

僕は慌てて遠くに視線を投げた。夕暮れ時の諏訪湖と盆地の眺めが、さっきまでとは急に違って感じられた。

「僕は男子と女子、どっちに激しく嫌われてんのかな？」

「だから……どういうこと？」

「僕はこんな人間だから……男子にも女子にも嫌われていることはわかっているけど……」

「は？」

僕は混乱した。

「こんな人間って？」

「だから、なんだろう、僕は君のことを僕と同じ種類の人間だと思っていたんだけど……」

「違うと思う」と僕は答えようとしたのだが、なんだかそれでは中田を深く傷つけてしまうようで、飲み込んだ。

急激に巻き込まれるかたちで、二人でどこかに転がり落ちてゆく感覚。でもその「感じ」はけしていやではなかった。理由もわからないまま、逆に心地よくさえあった。

「境内を通っていこうよ」

僕はうなずいた。境内とは諏訪大社の境内のことをさしていた。通学路から細い路地に入ると、社務所があって、その渡り廊下をしゃがんでくぐると境内に入れる。駅までの近道だ。

渡り廊下をくぐって境内に入ると急に闇が増した。鬱蒼とした何十本もの巨木に社《やしろ》が包まれている。境内の端に竜の頭のかたちをした石像があり、その口からは白い湯気が立っている。この町はいたるところに温泉が湧き出していて、だからこんな誰にも気づかれないようなところでも、熱いお湯が流れ続けているのだ。

「……僕は、クラスで嫌われているよね。その理由について、僕はいつも考えてきたんだ、君も知ってると思うけど入学してひと月ほどしてからみんな、急に僕と口をきいてくれなくなったよね。どうしてだろうかと僕は考えたんだ、これといって心当たりがなかったから。そして思い当たったんだ。だけどそれが違うってこと？」

「違うと思う」

思いがけない展開に戸惑った。

「じゃあ、僕が嫌われていた理由は別にあるの？」

「ああ」

「どんなこと」

中田の語気は荒く、少し恐ろしかった。

「……ほかに心当たりがない」

話すことは簡単なことだった。どこにでも転がっていそうな、ちょっとした誤解と意地の張り合いがたまたま悪い方向へ転がり、大きくなっていったにすぎない。

「本当に些細《ささい》で、つまらないこと。何より君にはまるで非がないこと」

中田は少し不服そうだったけれど、やがてうなずいた。

「君ほどじゃないけど、僕もクラスのほとんどの人間と話すことがないでしょ。それは、そのことが些細でつまらないことだったからなんだ」

僕は言った。

「ああ、でもさっきも言ったけど、このことも君にはまるで非はないことだから……。本当に些細でつまらなく馬鹿らしいこと」

「えっ、僕と関係があるの?」

「本当に些細でつまらなく馬鹿らしいことか。守屋くんってなんだか言葉を羅列することが好きなんだね」

ふっと右手の先に何かが触れた。強く握られた。僕は咄嗟にそれを振りほどいた。

それ以上、中田は「本当に些細でつまらなく馬鹿らしいこと」について聞いてはこなかった。

駅までの道を僕らは黙って歩いた。

夏

6

十円玉をいくつも入れたあとにダイヤルを回すと、やがて呼び出し音が受話器の先で聞こえた。

「03」で始まる番号に電話するのは初めての体験だ。無機質な連続音がやがて途切れることを半ば期待し、半ば恐れながら、待った。

僕は渡辺先輩の電話番号をデブ山から聞きだしたのだった。

「先輩の電話番号を教えてほしい」と正直に告げると、心底愉快という顔をして、「電話するの？　ドキドキするでしょ」とからかわれた。いまこうして受話器の先の音を耳にしながら、デブ山の言葉が急に思い出された。

渡辺先輩のことを知ったのは、僕が二年生の秋だ。三年生だった先輩は生徒会の主要メンバーのひとりで、全校生徒が集まる集会のステージの上に立つ姿をそれまでも何度か見たことがある。デブ山もまた、クラスの代表として、男ひとり、女ひとりの役員だった。

男の方は柔道部のヒツジが「オレ、やります。目立つの大好き」と手を上げたのだけれど、女子は誰もやりたがらず、デブ山が押しつけられたかたちだった。

ある時からデブ山が、先輩の話をよくするようになった。二人は幼馴染みだった。中学に上がる前に先輩は引っ越してしまったのだけど、それまではデブ山と同じ学区に住んでいたという。

やがて何度かデブ山と一緒に先輩に会うようになった。生徒会室へデブ山に連れられて、行ったこともある。まったく自分には無縁の人たちがいるという感覚だった。誰もがいきいきとして映ったし、「青春を謳歌している」なんて言葉も自然と頭に浮かんだ。生徒会長とタメ口で話している先輩の姿を見たとき、身体の奥の方が、ざわざわと音をたてた。そのときの感情を僕はうまく言葉にできない。かっこいいという言葉がもっともふさわしいけども、それとは微妙に別のものだ。

どういうわけか先輩は何かと僕を気にかけてくれた。あるいは面白がっていたと言ってもいいのかもしれない。

「守屋くんは、相当に変人。そして相当にわかり難《にく》い人」

そう言って、クスクスと笑い声を上げた。その感じはけして嫌ではなかった。逆にうれしかったし、そのときの先輩の表情が僕は好きだった。自分の存在を認めてくれる人が、確かにここにいるという実感を得たからだろうか。学校のなかで目立つ存在の先輩と比べたら、百八十度反対の場所に自分がいた。

確かに僕はいま「ドキドキ」している。駅舎の横にあるぽつんと明かりのついた電話ボックスの中にいると、なんだか水槽の中の金魚にでもなった気がして、あるいは高飛び込みの踏み台の先端に立っている気分ってこんなだろうかと想像する。

唐突に連続音が切れた。

「はあい」

野太い男の声だった。

「あのう……渡辺さんのお宅でしょうか？」

まさか男の人がでると思わなかった。

「渡辺さん？　ちょっと待ってて」

男の声はそんなことをひとりごとのように言った。受話器をどこかに置いたのだろうか、カツンとぶつかる音がして、それから何も音がしなくなった。

やがて遠くでドアをノックしているらしい音がかすかに届き、「渡辺さん、渡辺さん」と男の声が重なって聞こえた。

どうやら電話にでた男が、先輩を呼びだしているらしい。いったいどういうことだろうか。デブ山は「はい、これ電話番号」と言って紙切れを渡してくれただけだった。

再び、男の声がやってきた。

「渡辺さん、いま留守みたい」

「そうなんですか……あのう、すみません、この電話はどういう電話なんですか？」

「え？」

「代表の電話とか……ですか？」

「ああ、これ。これはアパートの廊下に置かれている赤電話。どの部屋にも電話ないから、みんなこれにかけてくるの。いる人がでるルールになっていて、大抵オレがでることが多いけど……」

なんとなく理解できた。

「もしなんだったら、伝言もできるけど」

「伝言……ですか？」

「って言っても用件を紙に書いて、ドアに画鋲《がびょう》で貼っとくだけだけど」

先輩が電話にでるか、でないかの二つの選択肢以外のことなど考えてもいなかった。東京というところはずいぶんと複雑なシステムがあるのだなと驚きつつ、感心した。

「あ、ではお願いします、伝言」

「ああ」

「えっと、高校の後輩の守屋といいます。また電話しますと伝えてください」

男は無言で、それを書き留めているようだった。

「わかりました」

やがて男が言った。

「よろしくお願いします」

電話を切って、電話ボックスを一歩外にでると、なんだかさっきまでとは空気の匂いとか光の色が違って感じられた。先輩と直接話せなかったけれど、どういうわけか、心は満たされていた。

僕は想像する。どんな人だかわからないけれど、さっきの男の人が僕の伝言をいまごろ先輩の部屋のドアに貼ってくれているだろう。きっと今夜、先輩は帰ってきてドアの鍵を開けるときにそれに気がつくだろう。そして、僕の名前を発見する。それがずいぶんと素敵なことに思えた。

商店街の入口に着いた頃、あたりはわずかな光に包まれていた。いまにも消え入りそうに遠ざかっていくような、闇の方に比重が急に傾く時間のなかを僕は歩いた。

ひと月ほど前に初めて訪れたときはかなり暗かった。あのときと同じ時間帯のはずだったが、まだ明るさが残っている。だからだろうか、商店街の印象が違って映った。

少し湿り気のある風が、諏訪湖の方向から緩やかに吹いてきた。この季節特有のもので、諏訪湖からの湿った空気はやがて上昇し、山にぶつかり霧となる。霧が峰と呼ばれるそのあたりは、そんな理由で夏のあいだ霧がかかることが多い。その始まりの空気に触れながら、宮坂木綿子の家を訪ねるために僕は歩いた。

彼女の祖父が口にした「また、いつでも遠慮なく遊びに来てくれや」という社交辞令のような言葉を真に受けたわけではないが、僕はまた訪ねたいと、あれから途切れることなく思い続けていた。彼女がその家にいないことは、十分にわかっていたのだけれど、それでも僕の足は向かった。

どうしてだろうか。宮坂木綿子に少しでも近づきたいとか、その存在に触れていたい感情からなのだろうか。そうとも言える。ただ、けしてそれだけではない。

もっともっと写真のことを、彼女の祖父に聞いてみたかった。以前から漠然と写真に興味を持っていた。一年ほど前に書店でカメラ雑誌を何気なく手に取ったのが始まりだ。だからといって買い求めるわけではなく、立ち読みする程度のことだったのだが。

雑誌のなかには外国のさまざまな風景、お祭り、人々の写真が載っていて、こんなふうに写真を撮ることが職業として成立するのだろうか、とぼんやりと思った。もしそうだとしたらなんて素敵だろうか。まるで実感も湧かないまま、そんなことを夢想するようになった。そのことと、彼女の家が思いがけず写真館だったことが、結びついた。

夏休みに入る前までに、かなり絞った進路を決めなくてはならない。二年生の頃から進路相談が行われていたけれど、今回はきちんと進路の方向を明確に決めて学校に提出する必要があった。とにかく進学したいという思いは一年生の頃から変わりなかったけれど、これ以上、勉強をする気はまるでなかった。

前回、彼女の家を訪ねた帰り道に、ほとんど思いつきに近かったのだけれど、写真の学校に進学するというのはどうだろうかと思った。その思いが膨らみ続けていた。でも誰かにこのことを話したことは一度もなかった。

宮坂木綿子の祖父の名は亀治《かめじ》といった。前回訪ねたときに聞いた。そして何と呼べばいいのか戸惑う僕に、自分のことを「亀さんと呼んでくりょ」と言った。亀さんは「おらあの代でこの店も終わりずらよ」と口にしていたけども、これまで長い時間を写真に費やしてきた人から少しでも、何かしら写真の話を聞いてみたかった。

ショーウィンドーの電気は消えていた。半分眠っているような店、いや半分死んでしまっている店といった方が正しいのかもしれない。

「ごめんください」

店のガラス戸をおそるおそる開けた。返事はなかった。

何度か声を張り上げた。やがて店の奥で蛍光灯がまたたいて灯った。

さらにもう一度、声を上げると「はい」という声がやっと聞こえた。やがて、がさごそと音がして、亀さんが目の前に現れた。どういうわけか、とても懐かしく思えた。

「おめさんか」

「また来ちゃいました……」

「よく来た」

亀さんはにっこりと笑って静かにうなずいてくれた。初めて訪ねたときのように「何しに来ただ?」などと言われたらどうしようかと恐れていたので、ほっとした。

「お茶かコーヒー、どっちだ」

このあいだと同じことを同じ口調で言うので、さらに安心した。

「コーヒーをお願いします」と答えると、亀さんはやはり同じように、店の奥に消えていった。

僕はまた丸いテーブルの下におさまった丸椅子を引きだして腰掛けた。ガラスのショーケースの中を覗き込み、それから天井近くの壁に掲げられている幼い頃の宮坂木綿子の写真に目をやると、幼い彼女と目が合った。

運ばれてきたコーヒーの味もまったく同じだった。二つのコーヒーカップをぼんやり見つめながら、訪ねた理由を口にした。

「写真のことを聞いてみたくて、今日は来ました」

「どうしてだ？」

「あのう……いま、学校で、そろそろ最終的な進路を決めなくてはならない時期になっていて、実は……僕は写真を勉強したいと思って……、だから写真の学校に進学しようと考えていて……」

テーブルの向こう側で、亀さんは僕の顔を真剣に見ていた。

「そうか……おらあにはわからないさ」

亀さんは困ったようにしばらく黙った。やがて口を開いた。

「どうして、写真を勉強したい？」

写真を撮りながら、いろんなところに行ってみたいと言葉にすると、ずいぶんと幼稚な思いつきを口にしている気がした。

「そうか、そうか。写真館じゃねえだな」

亀さんはコーヒーカップをぐいと傾けた。僕は両手でカップを手にしてひと口飲んだ。

「おらあにはその仕事はわからんけども、やりたいことがあったら、やればいいさ。ただこんな写真館だけはやめとけや」

亀さんは冗談っぽく言って、笑った。

「暗室でも見てくか？」

「アンシツ？」

なんのことか、わからなかった。

「写真の基本だ。年季だけは入っているで」

「あ、はい。お願いします」

やっと人がひとり通れるだけの細い廊下の先に、暗室はあった。

黒いカーテンを開け、パチンという音とともに片手で電気のスイッチを入れた。すると天井から吊るされたぼんやりとした赤い光にすべてが照らしだされた。目の前にいままで一度も体験したことのない不思議な空間が広がった。換気扇らしい音もどこからか届き、同時に鼻にツンとつく匂いがやってきた。

けして広くはないが「年季が入っている」という言葉通りだった。圧倒的な存在感に満ちていた。

「これは酢酸の匂い」

亀さんが察したように口にした。

使い古されたラジオ、ぼろぼろのタオルがかかった錆びた釘、いくつもの薬品が入ったガラスとプラスチックの瓶、天井付近に並んだ針金に通された使い込まれた洗濯ばさみ。水道の蛇口、そこから伸びたホースの黄ばみ。

部屋の一番奥に巨大で無骨な機械が一台置かれていた。

「あれはなんですか?」

亀さんはおかしそうな顔をした。

「おめさん、引き伸ばし機も知らねえで、写真やろうちゅうだか?」

「はい……」

亀さんはいくつかのことを丁寧に教えてくれた。

たくさんある紙の箱には印画紙が入っていること、それを赤いランプの下で開けること、引き伸ばし機の反対側にある流しの中にある使い込まれたプラスチックの容器はバットと呼ばれるものであること、その中に水に溶いた薬品を入れること、そこで印画紙を現像することを知った。専門用語は一度にはとても覚えきれなかった。

「試しに一枚プリントしてみるか」

「ほんとですか」

どきどきした。

亀さんは吸い込まれるような自然な動作で、引き伸ばし機の前の椅子に座った。それから印画紙の箱を開け、一枚だけ素早く取りだし、引き伸ばし機の下の白い台に置き、機械を操作した。ピントを合わせているようだった。やがて脇に置かれた機械のボタンを押すと、数秒間白い光がテーブルの上を照らした。

さっきまでとは亀さんの印象が違って感じられた。動きが俊敏でどこにも無駄がない。亀さんがここで長い時間を過ごしてきたことが、写真のことも暗室のことも知らなくても、理解できた。

現像液に入れられた印画紙からやがて、うっすらと像が浮かび上がってきた。不思議だった。いままで存在しなかったものが、唐突に生まれ息をしはじめたように映った。胸が熱くなった。

駅までの道を急いだ。カメラを首から下げている。このことはまったく思いがけないことだった。ずっしりと重く、確認するようにＮｉｋｏｎという文字が刻まれた真ん中あたりに触れた。ここから何かが始まりそうな気がした。

商店街はすっかり闇に包まれ、誰も歩いていない。やはり半分眠ったようにも、半分死んでしまったようにも映る。街灯だけが、黙って僕を見下ろしている。

熱心に質問する僕のことを面倒くさがる様子もなく、逆に驚きながら、それでも十分に亀さんは楽しそうだった。

だからだろうか、

「だで、このカメラを貸すで、次に来るときまでに写真を撮ってくりゃあいいだ。ほしたらおらあがここで現像してやるで、ほんでここで、おめさんが、自分でプリントすりゃあいいだ」

と言って、カメラを貸してくれたのだ。いくつもの扉が目の前で次々と開いていくような気分だった。いままで自分の内にだけあった思いが、急に動きだし放たれてゆくように感じられた。

亀さんはモノクロフィルムまでくれた。TRI－Xという文字が箱に刻まれていた。はたして、これで何を撮ればいいのだろうか、撮れるのだろうか。考えたが、何も浮かばなかった。宮坂木綿子についての話題を、亀さんとひと言も交わしていないことにいまごろになって気がついた。

駅に着くと、もうじき八時になるところだった。電車の時間まであと三十分以上ある。ふと、先輩に、たったいま電話したくなった。いまだったら部屋にいるような気がした。迷いがでる前に、僕は電話ボックスへ歩み寄って、カバンから手帳をだした。03から始まる東京行きの電話番号を何も考えずにダイヤルした。

遠くから届く呼びだし音に耳を傾けた。この音の反対側に先輩がいることを願った。やがて呼びだし音が途切れた。

「はい」

女性の声だ。

「あのう、そちらの渡辺さんを呼びだしていただきたいのですが」

「あ、はい、わたしですが」

「あ、あの、守屋です。後輩の守屋です。幸子に電話番号を聞いて、かけてしまいました」

しどろもどろになった。

「元気なの?」

電話の向こうの声は柔らかく、何より落ち着いていた。

「はい、元気です。先輩は？」

「まあね、なんとか」

「大学はどうですか？　楽しいですか？」

「まあまあ。毎日通ってるよ」

何をどんなふうに話せばいいのだろうか。自分から電話しておきながら、特別の用事があるわけでもない。

「……先輩が元気にしているのかなと思って、ただ声を聞きたかったので」

ずいぶんと恥ずかしいことを口走ってしまった。

「ありがとう。うれしい」

短い沈黙のあとで先輩は言った。

「あのう、夏休みに東京に行こうと思っているのですが、先輩はその頃、東京にいますか？」

いまのいままでそんなことなど考えてもいなかった。左手は首から下げたカメラを握っていた。

「うん、きっといると思う。こっちでバイトをする予定だから」

続けて先輩は「諏訪の調子はどう？」と不思議なことを口にした。

「調子……ですか？」

「そう、元気かなぁと思って」

「元気ですよ。盆地は今日も晴れてました」

僕は返した。

「東京の調子はどうですか？」

「東京？　あんまり元気じゃないのかな、思ってたより……。でも暑いね、うん、それにとにかく人がたくさん」

「暑い？」

意外だった。

「まだ六月だってのに、夏みたいに暑いね、湿気もすごい」

声に張りがない。でもそれは電話のせいかもしれない。

7

亀さんから借りたカメラにはＦＥという文字が刻まれていた。カメラの名前なのだろうか。もしかしたらもっと別に名前があって、それは頭文字のようなものなのかもしれない。このカメラがどれほど高価なものなのかも、まるでわからなかった。

カメラはかなり使い込まれていて、あちこちに細かい傷がついていた。特に底には無数の傷があった。長い時間の重みを十分に感じさせた。

その傷を目にして、さらに指先で触れると、蛍光灯の下に佇み微笑んでいた亀さんの姿が自然と浮かんだ。さらには、宮坂木綿子もまたこのカメラに触れたことがあったのだろうか、そして何よりこのカメラで写真を撮られたことはあったのだろうか、と頭が勝手に想像を巡らせていくのだった。

日曜日の午後、数年前から飼っている柴犬を連れて家をでた。

空はよく晴れていた。家の周りは、高校のある諏訪湖のあたりとは大きく雰囲気が違う。

八ヶ岳の裾野の一部なので、天気さえよければすぐそこに八ヶ岳が見える。八ヶ岳の反対側にはずんぐりとした標高千五百メートルから千八百メートルほどの山々が連綿と続いている。それらは南アルプス連峰の端っこだと中学のときに習ったけど、どの山の名前も知らない。名前はあるはずだけど、地元の人の誰もがそれを口にしない。知らないのだ。ただ西に見える山だから、西山と呼んですましてしまう。三百六十度、完全に山に囲まれているから、ひとつひとつの山の名前など覚えられるはずもなく、覚える必要もないからだろうか。

亀さんからカメラを借りたときから、いったいこのカメラで何を撮ろうかと、ずっと考えていた。

「好きなものを撮ってみれや」

亀さんの言葉を何度、頭の中で繰り返してみただろうか。

はたして自分は何が好きなのか。いままでそんなふうに物事を考えたことなど一度もなかった。ただ宮坂木綿子を撮りたいという思いは静かに押し寄せるようにやってきた。やっと撮りたいものをひとつ見つけたのは昨日のことだった。八ヶ岳を撮ってみるのはどうだろうかと考えついたのだ。

八ヶ岳は幼い頃から、あまりに当たり前に目にしてきた。しかし、地元の誰もが西山とひと言で片づけてしまう山々と八ヶ岳の存在は明らかに違った。僕だけではなく、地元の誰もが似たような感情を抱いている。誰にとっても八ヶ岳は特別な存在だった。

中学生の頃に八ヶ岳に集団登山で登った。そのときにすべての峰の名前を覚えた。その頃から愛着をもつようになったし、何より見ていてまるで飽きなかった。

八ヶ岳のことを素直にきれいだと思う。それは、ひそかに内に秘めた思いでもあった。その思いを誰かに口にすることは、恥ずかしい。高校生である自分が誰かに八ヶ岳を見て「とてもきれいだと思う」などとは絶対に口にできない。どうしてだろうか。とにかく、いまの自分が「きれい」なんて言葉を吐くことは、何かが大きく違うのだ。

島木赤彦も八ヶ岳の歌を詠んでいるはずだと、ずっと以前に宮坂木綿子から借りた歌集を開いてみたが、八ヶ岳という山の名前が具体的に詠まれた歌は見つからなかった。ただ、山に関する歌を見つけた。

おく山の谷間の栂《つが》の木《こ》かくりに
水沫《みなわ》とはして行く水の音

この歌の石碑が、八ヶ岳の裾野の郷土資料館にあると、歌集のなかに書かれていた。

きっと「おく山」とは八ヶ岳のことではないだろうか。僕はそう解釈した。島木赤彦は歌人であると同時に、小学校の教員だった。僕の家からそう遠くはない、やはり八ヶ岳の裾野の隣の地区の小学校でかつて教員をしていた。そこからも当然ながら八ヶ岳はとてもよく見える。だからその歌は八ヶ岳を歌っていると思うのだ。

はたして宮坂木綿子はこの歌のことを知っているだろうか。

犬を連れて田んぼの土手をいくつか越えると、八ヶ岳が正面に大きく見えた。たったひとりで巨大な存在に立ち向かっているようで、気分は悪くない。冬には真っ白だったその峰々はいまは青い。西の山は濃い緑色に包まれているというのに、どういうわけか八ヶ岳はかならず青く見える。標高が高いからだろうか、それとも森林限界の岩場が青く見えているからだろうか。とにかく近寄り難く、そのぶん、美しい。

僕は八ヶ岳に向けてカメラを構えた。

ファインダーの中に八ヶ岳が横たわる。主峰、赤岳《あかだけ》をファインダーの中心に重ねてみる。カメラには50ミリのレンズがついている。亀さんは「これが標準レンズだで」と言った。標準という言葉がいったいなんの標準をさしているかは知らない。

まずピントを合わせる。あるところより遠い被写体はすべて∞という無限大のマークに合わせるのだと教えてくれた。その通りにしてみると、確かに山の頂にピントが合っているのがわかった。

ファインダーの中に見えている露出計の針を見ながら、絞りとシャッター速度のダイヤルを操作して露出を合わせてみる。合わせてみたところで、何かが変わるわけではない。同じようにファインダーの中に八ヶ岳が横たわっているだけだ。

フィルムはカメラを借りたときに、亀さんが目の前で装着してくれた。手際よく、フィルムの端をカメラの中のプラスチックの溝に差し込んで、静かに巻き上げる姿を見ながら、自分にはとてもできないと思った。

シャッターボタンを思い切って、押してみた。乾いた音が小さくした。はたしてきちんと撮れているのだろうか。急に心配になった。

もう一度、シャッター速度と絞りを確認してみた。露出はきっと正しく合っているはずだ。レンズの溝に手をやって、もう一度ピントを慎重に合わせ直してみる。さっきとまったく同じだ。カメラを少し左にふってみた。

北《きた》八ヶ岳と蓼科山《たてしなやま》がファインダーの端に覗いた。

二度目のシャッターを静かに押した。やはり同じ音がした。ファインダーの向こう側は何もなかったように変わることはない。

僕はもう一度、シャッターを押してみた。同じ音がした。

はたして、何枚撮ればいいのだろうか。ふと、戸惑う。フィルムは三十六枚撮れるはずだ。つまりあと三十三枚も残っている。でも八ヶ岳をさらに撮る気持ちにはなれなかった。三枚でも十分だった。

昼休みはいつも長い時間、廊下でぼんやりしていた。

この時間が好きではない。早く過ぎてしまえばと願う。なんとなくいつものクラスメート数人と机をつき合わせて、家から持参した弁当を食べる。男ばかりで、たいした話題もなく、盛り上がりもせずに、授業のことや、先生のことや、昨日あったことなどを、感情をともなわずに誰もが話すだけだ。

ほんの十五分ほどで弁当を食べ終わってしまう。終われば誰もがそこを離れて、教室から消えていく。僕はほかに行くところも思い浮かばずに、廊下でぼんやりしていることが多かった。

「脩くん、あいかわらず」

声が背後からした。振り向くと、デブ山が、困ったような顔をして立っていた。

「いつもの、ぼんやりくんですね」

「まあね」

答えながら、デブ山もたいして違わない昼休みの「ぼんやりちゃん」のはずだと思った。

「渡辺先輩に電話したでしょ?」

急にみぞおちのあたりを風が吹き抜けた気がした。

「うん、した」

デブ山は、僕の顔を覗き込みながらニヤニヤした。

「声が聞けて、うれしかった?」

うなずかないでおいた。

「さっちゃんも、先輩に電話したの?」

「昨日。先輩、よろこんでたよ。守屋くんから電話がきたって、聞いてないのに、自分から喋りだしたから」

「ほんと?」

「うん」

単純にうれしかった。

「先輩のところ、呼びだしっていうの? あれって、すごいシステムだよね」

「呼びだし?」

「ほら、留守だったら違う人がでるでしょ。で、伝言してくれるから」

「ああ、あれか……でも普通の電話の方がぜんぜん便利だと思うけど。それになんだか少し貧乏くさいし、わたしはあんまり……」

夏に東京に行きたいなどと勢いで口にしてしまったことを、先輩はデブ山に喋ってしまっただろうか。別に隠すことでもないけれど、デブ山に知られてしまったら、ひやかされるはずだ。でもデブ山はそのことについて何も口にしなかった。彼女の性格から考えて、聞いていたら、絶対に口にせずにはいられないだろう。きっと先輩は言わなかったのだろう。すると先輩とひとつの秘密を共有した気がして、身体の奥の方が静かに何度か波を打った。

「わたし、宮坂さんに会ってきたよ」

「え?」

「昨日の日曜日、松本の病院に行って、会ってきたんだよ」

「宮坂木綿子に?」

「うん、お見舞いに行ってきた」

デブ山の言葉は信じられなかった。

「本当に本当なの?」

「本当だよ、松本まで行ってきた」

「どうして？」

変な聞き方をしてしまった。デブ山と宮坂木綿子は特別仲がいいわけではないからだ。デブ山はそれには答えなかった。

「どうだったの？」」

「どうだったって、何が？」

「……だから、元気だったのか、どうか
「元気？　なんで入院している人が元気なのよ。元気じゃないから入院しているわけでしょ」

「………」

言われてみれば、その通りだ。

「あんたみたいな人が、お見舞いに行ったら最悪。開口一番、『元気？』なんて言いそうだから」

「そういう意味じゃなくて……どんな様子だったのかなと思って」

「宮坂さんはベッドの上で本を読んでた」

「本？」

「そう、なんか文庫本」

「文庫本か」

修学旅行で宮坂木綿子のために買ったシオリのことが頭に浮かんだ。ちゃんと本人のもとへ届いているのだろうか。

「病状はどうだったの？」

「病状？　わたしにはわからないよ、お医者さんじゃないんだから。ただ顔色はあまりよくなかった」

病状などと言っておきながら、宮坂木綿子が患っている病名すら知らないことにいまさらながら気がついた。デブ山は知っているのだろうか。

「宮坂さんの病気ってなに？」

あんたそんなことも知らなかったの、なんて言われるのではないかと構えた。

「わたしも知らない。だって、本人を前に、そんなこと改めて聞ける？」

デブ山がお見舞いに行って、はたして宮坂木綿子はうれしかったのだろうか。もし自分がお見舞いに行ったなら、宮坂木綿子はどんな顔をするだろうか。

西日が差し込む理科実験室の窓際に、その光を背中に受けながら顕微鏡を覗いている一年生の姿が三つ並んでいる。紺色のブレザーが揺れている。男が二人に女の子がひとり。

覗いている顕微鏡のレンズの先にはカゲロウかカワゲラの幼虫のどちらかがシャーレの上に横たわっているはずだ。川から採集されたそれらを同定して、一匹一匹どの種類の何であるかを見極めていく。どれがどれであるのかを決める。そのことを繰り返す。はたして何の意味があるのだろうか。どれがどれであっても、どうでもいいのではないだろうか。そんなふうに考える自分は、どこかおかしいのだろうか。

ドアが開く音がして、振り向くと中田が現れた。

「来てたの？」

「ああ」

あの一件のあとも、僕らの関係にたいした変化はなかった。

やがて西日が潮が引くように教室から去っていって一年生が顕微鏡を片づけ始める頃、僕は中田に誘われ、一緒に校舎をでた。駅までの長い坂をくだった。

山の向こうに太陽がいままさに隠れようとしていて、空は恐ろしいほど赤く染まっている。血の色みたいだ。その赤を諏訪湖がそのまま反射させ、湖全体が赤く染まっている。周りの岸辺は黒々としている。

「きれいだね」

中田が口を開いた。僕は小さく「ああ」と答えた。中田の顔も赤く染まっていた。

「守屋くんに聞きたいことがあるんだよ」

はたして何を言いだすのだろうか。こりもせずにまた中田と一緒に下校するべきではなかったかもしれない。短いあいだに、いくつかのことが頭を巡った。

「前に言っていたこと、詳しく教えてもらいたいんだよ」

「前って?」

「だから……前に僕がクラスで嫌われている本当の理由を知っているって、守屋くんは言ったよね。そのことをできたら教えてもらいたいんだよ。守屋くんは僕にはまるで非がないことだって言ってくれたよね。だったら、その理由を知らなくてもいいやって思ったし、いまさら聞いても、という気もしたんだけど、やっぱり気になるんだよね。やっぱり知っておいた方がいいんじゃないかな、自分のことだからね。そのことを知って、卒業した方がいいんじゃないかって思って……」

卒業という言葉が、ずいぶんと大げさに響いた。

「教えてくれるかな?」

僕はうなずいた。断る理由などない。

僕はできるだけ頭の中を整理してから喋ろうと、少し考えた。

「入学したばかりの頃のことだけど、覚えてる? 君と僕と、ドンが一緒に机を寄せ合って弁当食べていたこと」

中田は意外そうな顔をしたけれど、思い当たったようで、少ししてからうなずいた。入学式からほんの数日しかたっていない日のことだった。席がたまたま近かったという理由で、そうしたにすぎない。僕らだけでなくクラス全体が、同じようにたまたま近くの席にいた誰かと机を寄せて、弁当を食べていた。ドンの本名は吉池《よしいけ》という。どうしてそんなふうに呼ばれるようになったのかは知らない。

「本当にくだらないことだけど、覚えているかな。ドンの机の上にご飯粒がひとつ落ちてたこと。ドンは『中田くんの弁当から飛んできたんだから自分で取って』と言ったけど、君は『僕のじゃない』と答えたんだよ」

「よく覚えている。で、それがどうしたの？」

「そのことがクラスの人間が君と口をきかなくなった、そもそもの始まりなんだよ」

「え？」

中田はあっけにとられたようだった。

「それって本当？　でも……それがどうして……」

「ドンはああいう奴だろ……」

なんと言えばいいのだろうか、簡単に言えばお調子者で、冗談を言って人を笑わすことができる、注目を集めるのが得意な男だ。つまりクラスのなかで目立つ存在だ。

「一時期あいつは、君のことを嘘つきご飯だって、陰で言いふらして回ってたんだよ」

「嘘つきご飯?」

「とんでもない嘘つきだから、中田とはあまり付き合わない方がいいよって。入学したばっかりで誰もほかの人のことなんて、よくわからなかったでしょ。だから、なんとなく君を敬遠する雰囲気ができあがっていった。馬鹿げてるよね、小学生じゃないんだし。でも本当なんだよ」

ドンはいつもニコニコしているが、どこか底意地の悪さがあって、時折見せる表情にぞっとすることがあった。些細なことで口論になったとき、冷えた目をして「おぼえておけよ」と小声で口にされたことがあった。

「あれは、あれは、僕のじゃないんだよ」

「………」

「あのご飯粒は絶対に僕のじゃないんだよ。あれはあいつが自分で自分の机に落としたんだよ」

中田がちょっと語気を荒らげたので驚いた。いまさらそんなことをここで力説してもしかたがないのに。

「たったそれだけのこと、それで、僕はそうされたの?」

うなずいた。中田はそれっきり黙った。確かにずいぶんと残酷なことだ。その一粒がどちらのものであったのか、真相はいまとなっては絶対にわからないし、わかったところでまるで意味のないことだ。何よりたったそれだけのことが、限られた三年間を決定づけてしまった。

嗚咽のような声が届いた。まさか泣きだしたのだろうか。

「くだらなすぎて、大笑い」

明るい声。でも声にも表情にもまったく感情がともなっていなかった。

「以前、君は言ったよね、君がクラスのほとんどの人間と話すことがないのも、このことと関係があるって。それはどういうこと?」

どんなふうに話せばいいのだろうか、しばらく考えた。伝わりにくいと思ったからだ。

「……うまく言葉にできるか自信がないんだけど……馬鹿らしいなって思ったんだ。このことは直接君には関係のない僕のなかのことだけど……。ひとりの人間が本当にくだらない理由で陰口をたたかれて、疎遠にされて、クラス全体がそれに同調していく姿を見ていたわけでしょ。だから、こんなクラス、ほんと、くだらないなあって思って。じゃあ、そんなくだらない奴らとは付き合わないでおこうと、なんとなくその頃に思って。そしたら、不思議なんだけど、それが伝わるのかな。クラスの誰も僕には話してこないようになってきて。ちょっとまずいかなって思ったけど……とにかくそんな感じ……」

中田は無言のままだった。

8

薄暗く、ぼんやりとした赤い明かりが部屋全体を照らしている。頭の上の方からは換気扇のモーターからの低い連続音が届き、手元では水道の蛇口からバットに落ちる水が、小さく音を立てていた。

隣には亀さんがいる。

蛍光灯の下では歳相応に見えるのだが、この光に包まれているとき、亀さんが、まったく別人のように感じられる。このあいだも思ったけれど、若返って映るのだ。それは、亀さんがこれまでの人生の時間のなかで、この明かりの下でもっとも長い時間を過ごしてきたからかもしれない。

いくつかのバットが並んでいる。プラスチック製の巨大な皿のようなもので、中にはそれぞれ液体が入っている。右から現像液、停止液、定着液、そして水の順に並んでいる。引き伸ばし機で感光させた印画紙を、その順番に入れていく。

印画紙を現像液に静かに浸す。印画紙を竹とゴムでできたピンセットで挟み、ゆらゆらと揺らしていると、やがて紙の表面にぼんやりとした像がゆっくり浮かんでくる。

僕が撮った八ヶ岳の山並みが、本当に静かに印画紙の奥の方から、少しずつ、記憶でも掘り起こすように、何かを取り戻すように、あるいは息を吹き返すようにやってくるのだった。この瞬間が、これからさき何度同じことをしても好きであり続けるだろうと思った。

亀さんは、なれた手つきで印画紙をこまかく揺らす。そうするのはムラができないようにするためだという。

タイマーの秒針を見ながら、二分ちょうどで現像液からだし、次に停止液に三十秒間入れ、定着液に移す。その中に浸しながらまたピンセットで二、三分印画紙を揺らし続ける。揺らし続けることを「カクハン」というのだと亀さんが教えてくれた。どんな字を書くのだろうか。

「たった一枚の写真をつくるのも、そう簡単にはいかねぇら」

亀さんの明るい言葉に、僕はうなずいた。

本当に言う通りで、一枚の写真を仕上げるために、僕らはすでに一時間近くも暗室に入ったままだ。

どのカットをプリントするかを決めたあとに、ひとつのネガを引き伸ばし機のイーゼルと呼ばれるものに挟み込み、印画紙にどれくらいの時間、光を当てるのが適正なのかを計るために段階露光というテストをして、そこからやっと本番のプリントが始まるのだが、濃度とコントラストを合わせるために何枚も印画紙を無駄にして、やっとできあがる。

僕は亀さんの隣で作業が進むのをただ見ているようなものだった。途中から、カクハンを交代したけど、ぎこちなかった。

それでも、興奮した。けして言葉にも態度にもださなかったけれど、身体の奥の方は、激しくはしゃいでいた。高校生活のなかで、これほど刺激的な瞬間があっただろうか。身体は汗をかくように反応した。

まるで知らない世界が、少しずつ自分のものとなっていく実感があったし、何かが開けていくような気がした。宮坂木綿子の実家が写真館であったという、ただそれだけのことが、自分の未来にも確実に影響するだろう予感があった。

喉元まで言葉がでかけていた。でもどのような言葉なのか具体的には自分でもわからない。デブ山が、松本の病院へ宮坂木綿子のお見舞いに行ってきたことを、亀さんははたして知っているのだろうか。口にしてみたい気持ちはあふれるほどにあるのに、どう切りだしていいのかわからなかった。

亀さんと僕とのあいだで、宮坂木綿子の話題は今日、まだ一度もでていない。僕から話をふらない限り、亀さんからそのことに関して話しだすことはなさそうだった。

「いいように焼けたら。本当は焼き込みとか覆い焼きとか、いろんな技術があるけど、今日はこのくらいでやめとっか」

「ありがとうございました。楽しかったです」

「おめさん、写真は好きか？」

あらたまった口調だ。

「はい」

力強く答えると、亀さんはあふれるばかりの笑顔を赤いランプの下で返してきた。

亀さんが片づけを始めた。バットを洗うのを手伝った。

僕はやっと切りだした。

「あのう、木綿子さんのことなんですが……」

「なんだ？」

亀さんは印画紙を乾かすために天井近くにある洗濯ばさみに両手を伸ばしていて、背中をこちらに向けたままだった。

「具合はどうなんでしょうか？」

亀さんの首の後ろにエプロンの紐の結び目が見えて、僕はそのあたりに視線を送ったまま答えを待った。

「……あまりよくないようだ、おらあも詳しいことは知らんけども……」

亀さんは振り返り暗室の明かりをつけるために、スイッチに手を伸ばした。でも、途中でその手を止めた。

「おらあも毎日、考えてる」

梅雨が明けると盆地は急に夏らしい陽射しを受け、透き通った空気に包まれた。諏訪湖の水の色が変わっているのが、遠くからでもわかった。富栄養化の影響でアオコと呼ばれる一種の藻がわくからで、盆地中の家から雑排水が流れ込むことに原因があった。まるで入浴剤を入れたように見えるので誰もが「バスクリン色になってきたよ」と口にした。

七月の終わりに夏休みに入った。

高校生活最後の夏休みだが、これといってすることもない。諏訪には進学塾がひとつもないので、クラスのなかで成績がよく、そのうえ気合いが入っている数人が松本の予備校の夏期講習を受けるために毎日諏訪から通うという話を聞いたけど、僕はとてもそんなつもりはなかったし、学校でも一週間ほど希望者の誰でも参加できる補習が行われることになって、進学希望者はできる限り受けるようにと言われていたけど、迷った末に受けないことにした。

何か特別な理由があったわけではない。単純に気が進まないという程度のことだった。でも進学を希望していた。以前、亀さんに「写真の学校に進学したい」と口にした思いに嘘はなかった。そのことは頭から離れずにあった。

でもそれが一時の思いつきなのか、それとも冷めることなく続くものなのかが、自分でもまるで判断がつかなかった。その証拠に、このことを別の誰かに話したことは一度もなかった。写真を勉強するなどということが、あまりにこの盆地からも自分自身からも遠く、まったくもって具体的に像を結ばないのだ。だからどれほど考えても、わからないことはわからないままだった。

夏休みに入って一週間が過ぎた日の早朝、駅までの道を普段とはまるで違う心持ちで歩いた。朝一番の列車に乗って、東京に向かうためだ。緊張していた。未知の場所へ行くことに、そして何より渡辺先輩に会うことに。

家の最寄りの駅は無人駅だ。小学生の頃には数人の駅員がいたけど、国鉄の人員削減によって、すべての駅員の姿が消えてしまった。カーテンが閉まったままの古い駅舎の横を通り、ホームへ向かう。

改札口には小さな機械があって、ボタンを押すとレシートのような紙に、駅名と発行された日時がカタカタと印字されてでてくる。それを車内で車掌に見せて、精算することになっている。

僕はそのボタンを押した。この紙が東京行きの始まりだと思えば、あまりに頼りない。今日のために準備はいくつもしてあった。夏休みに入る前に、学校で乗車券の学割のための書類を発行してもらっていたし、先輩にも何度か電話した。電話するのは、きまって駅前の公衆電話からだった。

お昼の十二時に新宿《しんじゅく》駅構内の「アルプス広場」というところで先輩に会うことになった。東京行きの日が決まったのはたった三日前のことだった。先輩のアルバイトの予定がなかなか見えなかったからだ。

松本発の普通電車はさいわいなことに新宿行きで、とにかく乗り続けていれば着く。四時間かかるけど、このことだけは確かだ。

「わたしもいつもその新宿行きで上京するの。とにかく乗っていれば、みんなもろとも東京に着くわけだから」

渡辺先輩は電話の向こうでそう言って笑った。

走りだしてしばらくすると、電車は山梨県に入った。窓の外、左側に見えていた八ヶ岳の形がずいぶんと違って映った。見る角度が違うからだろうか、違う山を見ているような気分だった。

ひとりで東京に行くのは初めての体験だったし、それ以前にひとりで県外へでたこともなかった。東京へ行くのは小学校の修学旅行以来のことだった。

本当は東京に一泊くらいしてみたかった。ビジネスホテルに泊まってみたいという思いもあった。でも受験以外で生徒ひとりだけで外泊することは、学校で厳しく禁止されていた。泊まったところで、ばれるはずもないけど「田舎者の守屋くんには、東京は刺激が強すぎるから、日帰りくらいがちょうどいいよ」と先輩に言われたこともあって、おとなしく従うことにした。

時刻表を見ると十分に日帰りはできることがわかったけど、帰りは普通電車ではなくて、特急か急行に乗らないと東京に滞在する時間がほとんどない。帰りの時間はまだ決めていないが、そのどちらかで帰ることになるだろう。

デイパックはずっしりと重かった。中にトウモロコシがぎっしり入っているからだ。家の畑で採れたもので、母親に「これをお土産に持っていけ」と言われた。とても田舎くさくて、いかにも「上京」なんて感じがして、何より先輩に対して、すごく恥ずかしいのだけど、断ることもできなかった。

母親に「夏休みに、先輩に会いに東京に行きたい」と、ちょっとどぎまぎしながら伝えたのは七月の頭のことだった。反対されたり、どんな先輩に会うのか詳しく聞かれたら、なんと答えればいいのかわからなかった。でも意外にもあっさり「気をつけて行ってこいや」と言われただけだった。


列車は標高約八百メートルの無人駅から新宿駅までの長い長い坂をくだっていった。八ヶ岳が見えなくなる頃、車掌が来たので新宿までの切符を無事買うことができた。甲府《こうふ》駅で十五分ほど停車した。そのあいだにホームにある自動販売機で缶コーヒーを買い、車中でチビチビと飲みながら窓の外を眺めた。時々ぽつりぽつりと家々が窓の外に見えたが、ほとんど山ばかりの風景が続いていた。

長いトンネルを越えて高尾《たかお》を過ぎると、突然窓の外が家ばかりになった。すでに三時間ほどたっていた。東京がいま、ここから始まった。

さらに八王子《はちおうじ》を過ぎると、家はさらに密集し、高いマンションがいくつも目に入ってきた。いつの間にか自分が緊張していることに気がついた。口の中が乾いている。それを認めたくなくて、缶コーヒーの残りをぐっと飲み込んだ。

立川《たちかわ》駅でたくさんの人が降りて、急に車内はすいた。ボックス席の向かいに座っていた、甲府から乗ってきたおばさん二人も降りていった。途中、一度だけ言葉を交わした。

「どこ、行くだ？」

諏訪の人とまったく同じアクセントだった。

「東京の先輩に会いに行きます」

答えると、もうひとりのおばさんが、

「先輩かえ、若者の言うことは違うわ」

と言って二人で笑ったので、急に恥ずかしくなった。

おばさんたちは「行商に行く」らしかった。二人とも背中に背負えるように巨大な風呂敷に包んだ荷物を持っていた。中に何が入っているのかは、なんとなく聞けなかった。ずっとおしゃべりに興《きょう》じていた騒がしいおばさんたちが降りてしまうと、急に心細くなった。

この先、列車は新宿駅まで停車しない。速度を落とし、だらだらと進んでいった。高架の上を走っているので、遠くまで見渡せる。家が延々と続いている。それに異様に看板が目につく。小学校六年生の春に修学旅行で確かに同じ中央線を新宿まで乗ったはずだけど、そのときのことはまったく覚えていない。友達とはしゃいでいて、窓の外などまともに見なかったのだろう。それに何より子どもだった。

口の中の乾きはとれない。

先輩は、はたして迎えに来てくれるのだろうか。それ以前に、先輩が指定した新宿駅構内の「アルプス広場」に無事たどり着けるのだろうか。考えだせば心配になるばかりだ。

「大丈夫、すぐにわかるから。わからなかったら誰かに聞いて。みんな知っている広場だから」

先輩はなんでもないことのように言ったけど、誰かに聞くって、誰に聞けばいいのだろうか。自分にとってそれはかなり大問題なんだけど。

窓の外を通過したホームに「中野《なかの》」と書かれているのが見えた。さらに、窓の外に大きく高層ビル群が見えた。

「もうすぐ、新宿に着く」

中野が新宿に近いことや、高層ビルが新宿にあることは、さすがに知っている。やがて車内アナウンスが「あと三分ほどで終点新宿に到着します」と告げた。

僕は窓の外を食い入るように眺めた。たくさんの人の姿が目に入った。まさにビルの谷間を進むように列車はホームに滑り込んでいった。いくつものホームが幾重にも先の方まで見えた。黒山のような、という言葉がふさわしいたくさんの人の姿が目に入った。それはちょっとした恐怖心を抱かせるほどだった。

先輩が言った通り「乗っていれば誰でも着く」ことはできたのだけれど、ここから先はそうもいかないのだろう。でも先輩が、すぐそこまで来てくれているのだから、あと十分とかその程度の時間をひとりで歩くだけですむはずだ。

ホームに降り立つと、ねっとりと重い暑さが突然やってきて、身体全体を包み込んだ。なんだ、これは。いままで経験したことのない暑さだ。

どこかに「アルプス広場」という表記があるだろうかとキョロキョロしてみたけど、見つからない。額からまたたく間に汗が噴きだし、こめかみのあたりを伝っていった。息をするたびに、肺の中にまで暑さがやってくるようで、息苦しくなった。

階段があって、それを下りた。すると巨大な通路につながっていて、さらにたくさんの人が行き来していた。背中に背負ったトウモロコシの入ったデイパックがずっしりと重く、その重さが垢抜けない自分の象徴のように思えてきた。

自分が乗った無人駅のことを思うと、あまりにみすぼらしく感じられる。同じ「駅」であることに変わりはないけれども、いま目の前を通り過ぎる無数の人たちは誰ひとりとして、あの無人駅のことなど知らないだろう。

「アルプス広場」はなかなか見つからなかった。

先輩の言葉通り、誰かに訊ねればいいのだろうが、誰もが足早に通り過ぎていき、それに人が多すぎて、どの人に声をかければいいのかわからない。諏訪だったら、駅前でも昼間はほとんど人が歩いていないので、たまたま通りかかった誰かに道を訊ねることは簡単なのだけど。

遠くに交番があるのが目に入った。あそこで聞けば間違いないだろう。それにしても駅の中に交番があるなんて、さすが都会は違う。

「あのう、アルプス広場に行きたいのですが……」

「アルプス広場？　そこだけど」

若い警察官は僕の肩越しの方向をなんでもないことのように指差した。振り向くと、丸太を輪切りにした椅子がいくつも並んでいて、座っている何人かの人の姿があった。

「え、あ、あそこですか。ありがとうございます」

広場というからには、とても広い場所を勝手に想像していたのだけど、ただ椅子が置かれているだけにすぎなかった。

時計を見ると、待ち合わせの十二時まであと十五分ほどあった。もう少し構内を歩いてみようかと考えたけれど、せっかくたどり着いたここへ再び戻れなかったら大変なことになると思い、じっとしていることにした。

あいた椅子に座ってあたりを見た。あいかわらずたくさんの人が目の前を通り過ぎてゆく。はたして先輩は現れるのだろうか。

肩に何かが触れた。

振り向き、見上げると、人の影があった。

「なに、驚いてるのよ」

先輩だった。からかうようにそう言って、心底おかしそうに笑った。

僕は慌てて立ち上がった。

「来ちゃいました、東京！」

感情が抑えきれず、声が上ずった。先輩はやっぱりおかしそうに何度もうなずいた。

会うのは、いつ以来のことだろうか。卒業式の日に会ったのが最後だから四か月ちょっとぶりになるはずだ。

先輩は淡いピンク色のTシャツを着てジーンズをはいていた。足元は素足にサンダルだった。それにショートだった髪は肩まで届くほどに伸びていた。だから以前とはかなり印象が違った。なんだか女子大生という言葉がふさわしく、何より垢抜けて映った。

それに対して、自分はなんと野暮ったいのだろうか。学校の規則で休みの日に遠出をするときには、制服を身につけることになっていた。無意味だと思うのだが、とにかくそんな決まりがあって、僕はまじめにそれに従って、さすがにネクタイはしなかったが、制服のズボンにワイシャツ姿で家をでたのだ。

「じゃあ、行こう」

先輩は歩きだした。慌てて、その後を追った。はたしてどこへ行くのだろうか。待ち合わせの場所を決めただけで、それからのことはまったく決めていなかった。

勝手に想像はしていた。例えば新宿を一緒に歩くとか、先輩が通っている大学のある吉《きち》祥寺《じょうじ》に行くとか、あるいは住んでいる阿佐ヶ谷《あさがや》の町を歩くことになるのだろうかと。

先輩は迷うことなく通路を歩き、やがてひとつの階段を上がり、僕らはホームに立った。さっき僕が降り立ったホームとは違うようだった。

「これから……どこ行くんですか？」

なんだかずいぶんと間抜けなことを口にしている気がした。

「あれ、言ってなかったっけ？　阿佐ヶ谷に行くつもりだけど」

「先輩が住んでいる町、ですよね」

「そう、よく覚えてるね」

もしアルプス広場で会えなかったら、頼りになるのは先輩のアパートの呼びだし電話の番号と住所だけだったからだ。

「先輩、元気ですか？」

「なによ、改まって」

会ったときから感じていたことだけれど、以前より明らかに痩せていた。それに顔色もけしてよさそうじゃなかった。

「ちょっと、痩せたかなと思ったから」

正直に告げた。

「そうだね……暑いからね」

それだけだろうか。

「やっぱり、東京だからさ」

「…………」

何かを口にしなくてはと思い言葉を探していると、黄色い電車が勢いよくホームに滑り込んできた。

「これに乗るよ」

列車の音に負けないほどの、大きな声だった。

9

阿佐ケ谷駅に降り立って、改札をでると渡辺先輩はなれた足取りで歩きだした。東京はどこでも混雑していると思っていたのに、思いのほか人通りが少なかった。こんもりとした街路樹がすぐそこに見え、それもまた意外だった。ロータリーを過ぎ、その日陰に入った。

「あと十分くらい歩くから」

先輩が振り向いた。僕の額からは早くも汗が流れ落ちていたけど、先輩は汗をかいていなかった。背中のトウモロコシが重くてしかたがない。すると先輩が、僕の思いを察したかのように言った。

「さっきから思ってたんだけど、なんで日帰りなのにそんなに荷物が多いの?」

恥ずかしかった。さらに汗が噴きだした。いつトウモロコシのことを切りだせばいいのだろうかと、新宿駅から何度も考えていたのだ。

先輩は僕の背中のデイパックの先端に手を伸ばし、グイと引っ張った。

「すごい重さ」

「モロコシ入ってます」

「モロコシ？」

「はい、それも皮つき」

「どうして？」

「母親が持っていけって言うから」

「お母さんが？」

「先輩へのお土産に」

「え、わたしに？」

先輩は驚いたようだった。

「そうです」

「それは、それは、重いものをわざわざありがとう」

急に改まった口調で頭を下げるので、僕も思わず同じように頭を下げた。

「ボロボロだからあまり驚かないでね」

先輩がアパートの部屋に直接向かっていることを知った。先輩が暮らす阿佐ケ谷駅で降りても、例えば駅前をぶらついて喫茶店とかハンバーガーショップでお茶をするのだろう、くらいにしか考えていなかった。子どもの頃を除けば、女の子の部屋に遊びに行くなんてなかったし、そもそもひとり暮らしの女の子の部屋に上がった経験はなかったので、急にそわそわした。

先輩の下宿は青梅《おうめ》街道を渡って、路地をいくつか曲がった先の住宅街の中にあった。まるで迷路のような細い道を右に左に曲がったので、自分ひとりで駅まで戻ることはできそうになかった。

「ここ」

先輩の言葉の通り、指差されたアパートはけしてきれいな建物ではなかった。相当に年季が入っている。建物全体が隣の大きなマンションの陰になっていて、まるで日が当たっていないので、より陰気な印象を与えた。

「見ての通り、日当たりは最悪で～す」

もっと小綺麗なところに住んでいるという勝手なイメージを抱いていた。だから目の前のアパートと先輩の姿が簡単には結びつかなかった。

「まあ夏はその分、涼しいけど、きっと冬は寒いよ。でも諏訪の寒さに比べたらどうってことないと思うけど」

木戸を開けると玄関があって、中に入ると空気はひんやりしていた。タタキがあって、そこで靴を脱いで下駄箱に入れるらしい。普通の家のようなつくりになっている。その先は土足禁止だ。

「部屋は二階だから」

廊下も階段も歩くたびに、きしんだ。階段を上りきった角に、赤い公衆電話が小さな台の上にちょこんと置かれていた。

「あ」

思わず声がでた。諏訪から緊張しながら先輩に向かって電話した「先っぽ」がここだったことに気がついたからだ。

「この電話……」

「そう、いつもここで、守屋くんの電話を受けてたんだよ」

僕は赤い公衆電話をまじまじと見た。磨《す》りガラスの窓がすぐ横にあって、そこから柔らかな光が、受話器の表面を撫でるように当たっていた。

簡素なドアを開けた。六畳ほどの広さで、ドアを開けたすぐ脇に、キッチンが恐ろしいほど狭い空間に押し込まれるようにあった。ベッドはなく、布団は押入れの中にしまわれているようだった。畳の上にはちゃぶ台以外にほとんどものが置かれていなかった。きっと僕が来るので部屋を片付けたのだろう。

壁に写真が貼られていた。よく見ると、諏訪湖が写ったものだった。ふと何かを口にしたいと思ったが、何を言っていいのかわからず、写真を見たまま、ぎこちない沈黙をつくってしまった。

先輩は窓を開けて、扇風機のスイッチを入れた。窓の外はすぐそこまで隣の建物の壁が迫っていた。かなり蒸し暑い。

お風呂とトイレはどこだろうと思ったが、見渡してみればこの部屋の続きにあるはずもないことは、聞かずともわかった。きっとトイレは共同でお風呂は銭湯に行っているのだろう。

僕はトウモロコシが入っている袋を取りだした。かなり熱を帯びていた。数えてみると六本も入っていた。

「重かったでしょ。ありがとう、ほんと、皮つき。さっそく食べようか」

そのうちの二本を手にとり先輩は台所に向かった。

「これ、家の畑で採れたものなんです」

「えっ、そうなの、うれしい」

「そうですか……」

「うん、とっても。それにわたしモロコシの皮を東京でむくの、初めて。その前に、東京で食べるのも、初めてだった」

僕はいまごろ、母親に感謝したい気分になった。先輩は狭い台所に立ち、手際よく皮をむいて鍋に入れた。

やがて茹《ゆ》で上がったトウモロコシをそれぞれ頬張った。みずみずしかった。家では夏のあいだ、畑で採れたそれを半強制的に毎日食べさせられることが常だったので、半ばうんざりしていたのだけれど、こうして先輩と向かい合って口にしていると、まったく別の食べ物のようだった。

「甘くて、おいしいよ」

「そうかな」

照れくさかった。

「ほんと。それに諏訪の味がする」

「それ、大げさ」

「そんなことない、ほんと」

僕らはしばらく無言で食べ続けた。扇風機の音だけが響いた。

「……来てくれて、ありがとう」

「え？」

「東京までこうして来てくれて、ありがとう」

「そんな、僕が遊びに行きたいって言ったから……こっちこそ、ありがとうございます。迎えにまで来てもらって……」

先輩は首を横に振った。食べかけのトウモロコシをちゃぶ台の上のお皿に静かに戻した。うつむいたまま、顔を上げない。どうしたのだろうか。扇風機の風が先輩の髪を右から左へ順繰りに揺らしていった。

少しして、前髪に隠れた先輩の頬の上を、涙が流れていくのが見えた。

「急に気がゆるんだみたい。ごめんなさい」

「どうしたんですか……」

「わたし、実はほとんど大学に行ってなくて……四月のはじめに少し行っただけ。だんだん行かなくなって、六月はまったく行かなかった。だから、いつから夏休みに入ったのか、知らないままだし……」

「どうして、ですか？」

「なんで……だろう」

扇風機が、先輩と僕に交互に挨拶でもするように首を振っていた。そのたびにくすぐるような風が頬から首筋に当たっては去っていった。

「あまり行きたい大学じゃなかったからかな……本当は滑り止めに受けただけだったから」

「……」

「うちはあまり裕福じゃなくて、父が浪人は絶対に許さないってずっと言っていて、だからいまの大学、勢いで入っちゃったんだけど。諏訪に予備校のひとつでもあったら、違ったのかもしれないけどね。それに本当に勉強したいことだったのかな……、なんだかわからなくなっちゃって」

先輩は経営学部のはずだ。

「だから、なんとなく諏訪にも帰れなくて。だって、親にいろいろ聞かれるでしょ、学校のこと。でもね、後期からは、まじめに通うつもり、このままじゃどうしようもないでしょ……」

先輩の声はまったく元気がなかった。

「守屋くんが諏訪からわざわざ持って来てくれたモロコシを、こうして向かい合って食べていたら……なんだろ、急にいろんなことを思い出しちゃって」

先輩は手の甲で目元を拭いて、うつむいた。

「諏訪の夏がわたしは一番好きだから」

絞りだすように言った。

僕は丸々一本、トウモロコシを食べ終わってしまった。こんなに真剣に食べたことなどあっただろうか。

「守屋くんは、どうするの」

「なにが……ですか？」

「あと半年で卒業でしょ、そしたらどうするのかなと思って」

「……できたら東京に来たいと思ってます」

「東京」

「はい」

「進学？」

「そのつもり……です」

先輩は「そうなんだ」と相槌を打ってから、遠慮がちな声で言った。

「勉強したいこと、決まっているの？」

絶対に聞かれるだろうと思った。

「一応、決めてます……」

「なに？」

口にすることを少し躊躇《ちゅうちょ》した。その必要などないことはわかっている。でもどういうわけか、口ごもってしまう。声にしてしまえば、取り返しがつかないような気がするのだ。英語とか経済とか経営とか工学とか数学とか電機とか、とにかくそんな進学にふさわしい字面ばかりが頭に浮かぶなかで、写真を勉強したいなんて、いったいどういうことなんだろうと自分でも思う。ちょっとなめている気がしたし、クラスのみんなとは大きくずれているなあと思うからだ。だから先輩に「まるで現実味のない夢のようなことを言ってる」なんて諭されるような気がした。

「なにを勉強したいのよ？　教えてよ」

僕がなかなか言いださないので、先輩はしかたないといったふうに立ち上がり、ドアの近くの畳の上に置かれている冷蔵庫の方へ向かった。やがて中から麦茶の入ったガラスのビンを取りだした。

「飲むでしょ？」

「はい、いただきます」

テーブルの上のグラスに、麦茶が注がれていくのを僕は眺めた。

「守屋くん、なんかボーっとしてない？　暑さにやられた？」

「いえ、そんなことないです……ただ、ちょっと緊張気味」

「緊張気味って？」

「いや、あの、あんまり女の子の部屋って入ったこと、なくて……」

なんだかずいぶん、変なことを口にしてしまったのかもしれない。先輩は、おかしそうにクスクスと笑った。

「守屋くんでも、そんなこと考えるんだ」

「…………」

「わたしも緊張気味だけど……」

なんと答えていいのかわからず、僕は慌てて麦茶を飲むと、先輩も同じように飲んだ。

僕は額の汗を慌ててぬぐった。

「差し支えなかったら教えて」

差し支えもなにもない。

「……恥ずかしいんですが、写真を勉強したいと思っています」

宮坂木綿子の祖父に告白して以来のことだ。

「写真？　唐突だね」

先輩は目をキョロキョロさせた。その反応が気になった。きっと具体的なイメージを結べないでいるはずだ。

「……写真ってことは、将来はカメラマンになりたいとか？」

「できれば、そう考えています」

「へえ、そうかあ」

「はい」

僕はまた麦茶を一口飲んだ。

「わたしには、よくわからないけど、いいんじゃないかな」

「そうですか」

「どうして、写真なの？」

どこまで説明すればいいのだろうか。宮坂木綿子を思い出し、次に亀さんの顔が浮かんだ。

「きっかけは、たまたまカメラを貸してもらう機会があって……。それに僕はもうこれ以上、勉強したくないんです」

「でも、進学はしたいの？」

「はい……」

「なんだかずいぶん、虫のいいこと言ってるね」

「ほんと、そうなんです」

「いまのは冗談」

先輩がいたずらっぽい顔で、僕を覗き込んできた。両頰のそばかすが、すぐそこに見えた。高校生の頃と変わっていない。

「わたしは、いいと思うよ。たったいま聞いたばかりなのに、こんなこと言うと、なんだかずいぶんと無責任に聞こえるかもしれないけど、でもそう思う。言ってみれば、これはわたしの勘」

「勘ですか……」

「結局、自分のことは自分でしか決められないから、先のことなんてわからなくても、自分で決めた方が絶対にいいのよ。納得がいくでしょ。自分で責任を負うことになるから。それに写真なんて、面白そう。それにわかりやすそう。シンプルで小学生にも理解できそうな仕事でしょ」

「はあ……」

「やりたいことがあるって、貴重だよ」

はたして自分にとって写真は、本当にやりたいことなのだろうか。正直、先輩の言葉が、言い得ているとは思えなかった。

「わたしは、結局いまでも、そのやりたいことがよくわからないの。人はどうして、そんなふうに簡単にやりたいことを見つけられるのかなって、逆に不思議に思うことがある。いまでもそれが、よくわからない。だから経営学部経営学科なんてところにいるのだと思う。だって、守屋くん、イメージ湧く？　経営学部経営学科。言われてなにか浮かぶ？　でも、写真って言われたら、きれいな風景撮るのかな、きれいなオンナの人撮るのかな、なんて」

高校時代、先輩は学年でもかなり優秀な成績だったはずだ。僕は落ちこぼれとまではいかないけれど、成績はまるで駄目だ。だから普通の大学に入るには、相当の努力が必要だろう。そのことはよくわかっている。だから、どこかに逃げ道はないだろうかとずっと考えていた。そんなときに、たまたま宮坂木綿子の祖父からカメラのことを教えてもらって、将来の仕事として考え始めたにすぎない。

単純に先輩が、真剣に僕のことを考えてくれていることがうれしかった。同時に先輩の苛立《いらだ》ちについて知ることになった。

「守屋くんと同じクラスに、宮坂さんているでしょ」

「宮坂？　宮坂木綿子のことですか？」

「そう木綿子ちゃん」

どうして先輩が宮坂木綿子のことを知っているのだろうか、驚いた。

「写真で思い出したんだけど、木綿子ちゃんの家、写真館なんだよね。確かおじいさんがやっているはず」

僕はうなずいた。

「木綿子ちゃん、いま入院しているでしょ、松本の信大《しんだい》の病院に」

どうしてそんなことまで知っているのだろうか。

「はい、三年になって一度も来てません。ずっと休んでます」

「とても難しそうなんだって？」

「はあ」

「もう、学校には戻れそうもないんだってね」

「え？」

「知らないの？」

「どういうことですか？」

「いや、ごめんなさい。わたし、変なことを言っちゃって……」

先輩は、麦茶をぐいと飲んだ。

胸が高鳴った。まるで静まることなく、どんどん激しくなってゆく。

「実は、僕が写真を勉強したいと思ったのは、宮坂のおじいさんの影響なんです。宮坂のおじいさんが、僕にカメラを貸してくれたんです。暗室で僕にプリントも教えてくれました。前からぼんやり興味を持っていたんだけど、それがきっかけで急に現実として考えるようになってきて……」

今度は逆に、先輩が心底驚いた顔をした。

「そう……偶然」

先輩はどうして宮坂木綿子のことを知っているのだろうか。先輩と宮坂木綿子の自宅は諏訪湖を挟んだ対岸のはずだ。つまり違う中学の出身だ。高校で知り合ったのだろうか。

「木綿子ちゃん、短歌を詠むって知ってた？」

「短歌ですか？」

「うん」

「いえ、知りません」

「そう。やっぱり恥ずかしいのかな、短歌を詠んでますなんて、男の子に言うのは」

部屋全体がさっきよりも、かなり暗くなっているのに気がついた。まだ外は十分明るい時間のはずなのに、窓の外からの光が弱々しくなっていた。すると頭の上の方から、低いうなり声のようなものがかすかに聞こえた。

先輩はまた麦茶をぐいと飲んだ。

「でも、宮坂が島木赤彦を好きなのは知ってます。宮坂の影響で僕も赤彦が好きになりました」

「木綿子ちゃんの影響？　面白いね」

「そうですか」

「わたしも赤彦はとても好き」

「ミズウミノコオリハトケテナオサムシ、ミカヅキノカゲナミニウツロウ」

先輩は不思議そうに僕をまじまじと見たあと、突然、カラカラと笑い声を上げた。やがて僕の肩を小突いた。

「どうしたのよ、突然」

「宮坂が、僕に教えてくれたんです。この歌のこと」

「守屋くんって、木綿子ちゃんと仲がよかったのね」

「はい、まぁ」

「木綿子ちゃんとわたし、実は短歌同好会で一緒だったの」

「短歌同好会？」

そんな同好会など学校にあっただろうか。

「下諏訪駅前で、たまたま募集の貼り紙を見つけたの、二年生の頃に。そして会場の公民館の会議室に夕方おそるおそる行ってみたら、同じ制服を着た子が、やっぱり緊張してちょこんと座っていたの。お互いすごく驚いて、それから仲良くなったの」

「知りませんでした」

「まあ、わたしもあまり人には言わなかったんだけど」

「赤彦のどの歌が好きなんですか？」

「教えてほしい？　わたしが好きなのは、これ」

先輩は照れたように部屋の一角を指差した。よく見ると、壁に貼られた短冊に手書きで書かれた字が目に入った。サインペンのような筆跡だった。

「わたしが書き写したんだけど」

どうしていままでその存在に気がつかなかったのだろうか。

夕焼空焦《こ》げきはまれる下にして
氷らんとする湖《うみ》の静けさ

僕は文字を目で追いながら、注意深く声にしてみた。

「高校の通学路から諏訪湖がいつも見えていたでしょ。この歌を口にするたびに必ず、下校途中に見た秋の終わりの日のことが浮かぶ。三年の寒い日で、卒業したらこんな風景はもう見られないんだろうなあって、妙に思った。すると自分が東京へ行く実感が急に湧いてきて、ちょっと未来が開けていくような感覚がしたんだ。そのときのことを必ず思い出す。あのときは明るい未来だったんだけど……」

僕はもう一度、その短冊に目をやった。先輩の文字は小さくて、ぎこちなかった。

「この歌、前はあまり好きでもなかったの。でもあの日から好きになったの。なんていうのかな、変な言い方だけど、赤彦がわたしのあの日のことを詠んだみたいに思えるから。目を閉じれば、そのときの冷たい空気のなかで止まっている自分と諏訪湖が鮮明に頭に浮かぶ。短歌って不思議だし、面白いよ。過去の人の気持ちが、ふっと乗り移るようにやってきて、居着いてしまうから」

この部屋から諏訪はやはり遠い。切なくなるほど遠い場所に思えてならない。でも先輩の言う通り、こうしてこの小さな部屋の壁に、赤彦は「居着いて」いるのかもしれない。

突然、窓の外が一瞬明るくなった。次に腹の底に響くような大きな音が轟《とどろ》いた。しばらくして激しい雨がやってきた。

「また夕立だあ」

先輩が、おどけた声を上げた。雷は次第に近づいているようだった。

「東京の夕立は迫力あるよ、諏訪のより」

「そうなんですか？　やっぱり暑いから？」

「さあ、どうしてだろね」

また稲妻の光が、やってきた。

「あのう、さっきのこともう一度聞いてもいいですか？」

「赤彦のこと？」

「いえ、宮坂のことです」

稲妻がまた瞬いて、先輩の顔を照らした。次の瞬間、ゴロゴロという音が一段と激しく、それも真上から大きく聞こえた。

「難しいって、どういうことですか？」

「難しい？」

「……さっき先輩が言ったことが気になって」

「わたし、そんなこと言った？」

「言いました」

先輩は、不意に視線を落とした。

「わたしも詳しくは知らないの……。ただ、短歌同好会で知り合ったおばさんが木綿子ちゃんのおじいさんと親しくて。そのおばさんの歌は、わたしが言うのもなんだけど、まったくひどいんだけど、このあいだ電話がかかってきたの、ここに。元気？　なんて、心配してくれて。そのとき木綿子ちゃんのことを初めて知ったの。いま入院していて、簡単には治らないって木綿子ちゃんのおじいちゃんから聞いたらしくて……だから、さっき、そんな言い方をしてしまって……ごめんなさい」

僕はたいした感情もともなわないまま、先輩の口元をぼんやりと見た。

10

まだ雨は降り続いていたけど、先輩の言葉に従って、僕らは外にでることにした。雷の音はかなり遠ざかっていた。新宿へ行って遅いお昼ご飯を食べようと先輩が言ったのだ。

部屋に傘はひとつしかなく、それも透明なビニール傘だった。高校生の頃、先輩がどんな傘をさしていたかは覚えていない。でも少なくとも、ビニール傘ではなかったはずだ。

僕はそれを手にとって、先輩に続いてアパートの玄関に向かった。靴を履いて外にでると、さっきとはまるで違う雨空が建物のあいだから覗いていた。そのぶん、気温はだいぶ下がっているはずだ。

その空に向けて傘を開いた。なかなかうまく開かなかった。

「骨が一本折れてる」

「ほんとだ、安物はだめね」

ふとさみしくなった。先輩の持ち物らしくないと思ったからだ。なんだかこの傘が、東京での先輩のいまを象徴しているような気がしてならなかった。

町は激しく濡れていた。車道のあちこちに水たまりができていて、車が通るたびに、大きなしぶきを歩道まで飛ばした。人の姿はほとんどなかった。僕が傘を持ち、二人で歩きだした。

背中にトウモロコシの重さはすでにない。

「あのう、お願いがあります」

「なに？」

「いえ……」

「なによ？」

「いえ、ただの欲望でした」

「なによ、言いなさいよ」

「いいです……」

「言いなさい」

「僕と……手をつないでください」

「手？」

「はい」

前から考えていたわけでも、ましてや計画していたわけでもない。ただ、いまこうしてひとつの傘に身を寄せ合うようにしながら歩いているうちに、唐突に、先輩に触れたい衝動がやってきたのだった。同時に何かを支えたいという思いも混じっていた。

「守屋くんって、見かけによらず、大胆だね。じゃあ駅まで」

先輩はきっぱり明るく言った。

先輩は僕の左側を歩いている。僕は傘を右手に持ち直して、左手をすっと伸ばすと、すぐに柔らかく温かいものに触れた。

その手は雨で濡れていた。握ることもできず、引っ掛けるように重ねると先輩の指先も同じように反応した。

右手に持った傘を、できるだけ左側の先輩の方に持っていこうとすると、腕が交差して、相当に間抜けな格好になった。先輩がそのことに気がついた。

「無理しなくていいよ」

心底おかしそうだった。

「二人で持てばいいよ」

先輩は僕から傘を取り上げた。先輩と僕の中心で触れる右手と左手で傘が支えられた。雨が乾いた音を立てている。

「なに食べたい？」

「なんでもいいです」

「いちばん困るんだよね、そういうの」

でも何も頭に浮かばない。

「おごってあげるから、遠慮しないでよ。新宿に着くまでに考えて」


新宿駅に着いてから先輩が連れて行ってくれたのは、駅ビルの中にある洋食屋だった。先輩は迷って「たしかこの先だったはず」などとひとりごとを呟きながら歩いていた。階段を上がりエスカレーターにいくつか乗り、最後はエレベーターに乗った。どこもたくさんの人がいて、人に酔いそうだった。完全に方向感覚がなくなり、自分がどこにいるのかわからなくなった。

「あ、この先だ」

先輩は声を上げた。その声は明るく、先輩がいまこのときを十分に楽しんでいることがわかって、僕はほっとした。

客の姿はさほど多くなく、僕らは窓際の席に座ることができた。

「たどり着けてよかった。一度だけ大学の友達が連れて来てくれたことがあって、眺めがいいからまた来たかったの」

そう言って、やっとひと仕事終えたという感じにハンカチで額の汗をぬぐった。言葉の通り、窓ガラスの向こう、眼下に東京の街並みが果てしなく広がっていた。雨はまだ降り続いていた。

「すごい眺め」

食い入るように、僕はしばらくそこからの眺めに目をやった。

「でしょ、ここ、案外穴場なの」

雨にかすんでいるからだろうか、景色はモノクロ写真を見ているように色がなかった。人の姿は、きちんと見えない。車の列がゆっくりと動いているのと、山手線だろうか、電車の姿が細い線として見えた。東京って、いつでもとてもにぎやかで、ざわついていると勝手に思っていたのだけど、ここからの眺めは静まり返っていて、廃墟を思わせた。このことを口にしてみようとしたのだけれど、なぜか困らせてしまう気がして黙って窓ガラスに額をつけた。

先輩はカルボナーラを、僕は悩んだ末にオムライスを頼んだ。

諏訪に着いたのは夜十時を回っていた。乗り換えて最寄りの駅に着いたのは十一時近かった。深い森に包まれたホームに降り立ったのは僕だけだった。植物の匂いが濃厚にした。闇が身体を包んだ。

虫の音が細く長く、どこからかいくつも響いた。空気がひんやりとしていて、なんだかまったく知らない場所に来てしまったような錯覚を覚えた。改札を抜けたところで大きく息を吸ってみた。闇がそのまま肺の奥まで染みてゆくようで、気持ちがよかった。

家に向かって歩いた。あまりに見慣れた風景のなかに戻って来たというのに、足元から広がるすべてが、いまの自分からはずいぶん遠いところにあるように感じられて、落ち着かなかった。数時間前まで身を置いていた東京のあの暑さと湿気と人ごみがここにはない。そのことにどういうわけか、一種の物足りなさを感じている。気持ちが高ぶっているからだろうか。

先輩のことがまた頭に浮かんだ。急行電車の中でも先輩のことばかり考えていた。思いがけずに先輩と手をつなげたことが、考えるというよりも、勝手に頭に浮かんできて困った。

先輩に触れることを僕はずっと求めていたのだろうか。わからない。自分でも驚くほど自然に行動していたことが、本当に不思議だ。だから、ふと現実に起きたことではないのでは、という気分にさえなるのだった。

洋食屋からでた先輩と僕は雨の新宿を目的もなくぶらついた。僕だけでなくて先輩も人混みに慣れていないからだろうか、二人して疲れたので喫茶店に入った。アイスコーヒーを飲み干すと、新たな行き先は何も浮かばず、早々と急行電車が発車するホームに向かった。

待合室のベンチに並んで座ると、話すことはもう何もない、あるいは何も残されていないような気持ちになって急にさみしくなった。

「ハイこれ、電車の中で食べて」

僕が電車に乗り込む直前に、先輩がビニール袋を差しだした。覗くと駅弁が入っていた。トイレに立ったときにでも買ってきたのだろうか。

「四月に、このホームで同じように母と別れたの」

そう呟いた顔はひどく孤独に映った。

その先輩の表情を思い浮かべながら国道にでた。渡り、脇の公衆電話に向かった。蛍光灯に照らされたボックスが白々と輝いている。そこから先輩に電話するつもりだった。このことは電車を降りる前から考えていた。

「無事に諏訪に戻って来ました。ありがとうございました」

そうお礼を言いたかったし、できたら何かしらのことを喋りたかったし、聞きたかった。

電話ボックスに入り受話器を取り、テレホンカードを差し込んで03から始まる番号を慎重にダイヤルした。

やがて呼びだし音が、あたりの虫の声を消し去った。きっとすぐに誰かが受話器を取ってくれるだろう。そう思っていたのだけど、意外にも、呼びだし音は鳴り続けた。

アパートのどの部屋にも人がいないのだろうか。先輩もいないのだろうか。まだ帰って来ていないのだろうか、あるいは一度戻ったあと、どこかへ出かけたのだろうか、それとも疲れて眠ってしまったのだろうか。誰にも届かない呼びだし音のこちら側で僕はそんなことを考えながら、静かに受話器を置いた。廊下の角に置かれたあの電話機が、ぴたりと鳴りやむ像を鮮明に頭の中に描いた。

夏休みをあと数日だけ残す、よく晴れた暑い日に、水生昆虫部の活動が行われることになった。三年生はこの採集を最後に引退することになっていた。中田はかけてきた電話で、「これで、僕たちは引退だよ」なんて言ったけど、「引退」なんて言葉は随分と大げさに響いた。野球部が夏の甲子園をめざして県大会に進み、負けた時点で引退するのに比べたら、なんの努力も盛り上がりもない。でも三年間、部活を続けてきた中田にとっては特別なことなのかもしれない。

お昼頃学校に集まり、近くの駄菓子屋から買ってきたカップラーメンをご飯代わりにみんなですすってから、学校の裏側の霧が峰に続く山の小さな沢に向かった。お盆の最中なので盆地全体が静かで、眠っているように感じられた。

林道に少し入ると、蟬の声がすべての方向から、たがはずれたように圧倒的な重さを持って聞こえ始めた。一時間ほど歩き、さらに細い山道に入り、しばらくいった沢の斜面をくだった。中田と後輩たちは何度かここへ来たことがあるらしかった。

沢の底へ下りると、空気がひんやりとした。水量が少ない割に、激しい流れだった。標高差があるからだ。

空を見上げると、木々が幾重にも重なった影のさきの割れ目に、わずかに太陽が覗いた。中田と二年生と一年生は靴と靴下を脱ぎ裸足になって、ズボンの裾をまくり上げ、あっという間に川の中に入っていった。

手には手作りの網を持っている。木の棒をバッテンにして、網を三角にかけただけの簡単なものだ。僕は川には入らずに、大きな岩の上に座った。

手の甲に太陽光が直接当たっている。その光を見る。採集をしている後輩たちが、笑い声をあげている。真夏にまともに採集などできないことは、わかりきったことだけど、そのことに関して、誰も何も口にしない。

僕は東京からの帰りの急行電車の中で読んでいた、カミュの小説『異邦人』のことをふと頭に浮かべた。フランスの田舎町の太陽は、ここと はどんなふうに違うのだろうか。人を殺したのは「太陽が眩しかったから」と口にする青年の見た太陽は、いま僕がさらされている太陽の光とはどんなふうに違うのだろうか。そんなことなど、いままで考えたこともなかった。でもそんなふうに考えてしまう理由はわかっていた。

東京の太陽は違ったからだ。先輩を訪ねたあの日、陽射しは強かったけれど、光自体はぼんやりとしていて、焦点があっていないように感じられた。それに、照らされた風景の輪郭も、曖昧な気がしてならなかった。そのことが東京にいるあいだ、とても気になってしかたがなかった。ただの錯覚じゃないはずだ。

二年生の理科の時間に、長野県は日本で一番、紫外線が強く、色温度も高いと先生が話してくれたことがある。理由は単純に標高が高いからだ。色温度が高いほど、青く見えるらしい。そのことと関係があるのだろうか。いまここで目にしている風景全体がくっきりと、ずっしりとした重量を持って感じられるのだった。

青空もまた東京で見たそれよりも随分とくっきりしている。その違いも東京で奇妙に感じた。すると不思議なことに、いま自分が立っているよく知った場所が、東京から戻った直後のように急に遠ざかっていった。

だからだろうか。たった一日東京に行ってきただけで、見慣れた風景が違って見えるのだから、何か月も盆地とは違う環境に身を置いているあいだに、カメレオンが身体の色をいつの間にか変えてしまうように、先輩のなかの何かも変わってしまったのだろうか。でも人間、そう簡単に変わるはずなどないと、思いとどまった。

東京へ行ったあの日から、ずっと頭から離れないことがある。先輩が口にした宮坂木綿子のことだ。

「とても難しそうなんだって」

「簡単には治らない」なんてことも言った。

知りたい気持ちと、まったく逆に知らないでおきたいという気持ちが、行ったり来たりしている。確かめるべきだという思いと、すべきではないという気持ちも同居している。

夕方、学校に戻り、すぐに昆虫を水槽の中に入れて、ゴミを取り除いた。それから大まかに選別したが、思った通り、たいした採集はできなかった。

そのかわりに、渓流にしか生息しないヤマメやイワナが数匹、網にかかっていたので、後輩たちはそのことに興奮して、話題はそれを誰が持って帰るかに終始した。

中田と僕は、片づけをしている後輩たちより一足先に学校をでて、駅までの坂をくだった。諏訪湖が眼下に見えた。太陽は諏訪湖の向こうの山に隠れようとしていて、空が赤く染まり、波のない湖に鏡のように映っていた。盆地ではお盆が過ぎれば、秋風が吹くと誰もが言う。もうじき夏も終わりだ。

僕は先日、東京へ行ってきたことを中田に話そうとしたけど、何をどんなふうに話せばいいのか、どこまで話せばいいのかがわからず、躊躇した。中田が先輩のことをよく知らないこともあった。

湖の氷はとけてなほさむし
三日月の影波にうつろふ

冬の終わり、春の気配を感じさせる日に宮坂木綿子とこの坂をくだったことを思い出す。あの日のように声にせずに、呟いてみる。

ずっと黙っていた中田が何かを口にした。湖の方向から吹き上げた風に流されたからだろうか、うまく聞き取れず聞き返した。

「なに？」

「ずるい、って言ったんだよ」

「ずるい?」

「卑怯とまでは言わない。けど、君はずるい人間だよ。いつか、言おうと思っていた……」

中田は立ち止まった。僕も足を止めた。

誰かからこんなふうに面と向かって言われたことなどなかった。

「なんのこと?」

「……って、自分でわからないの?」

部活の帰りに、やはり一緒に学校までの坂をくだったときのことを言っているのだろうか。首筋から背中にかけて、嫌な汗が流れていく。あのとき、僕は中田を拒否した。でもそれが、「ずるい」ことになるのだろうか。

「じゃあ、教えてあげようか」

また諏訪湖の方向から、強い風が背後に吹き抜けていった。気温が下がってきたからだろうか。

「修学旅行の班分けのことだよ。君は巧妙に僕を避けたよね。僕らの班に入らなかった」

汗が胸のあたりを流れていった。

「……それが」

「なるよ！」

場違いなほど、大きな声。彼の顔が赤く染まっていく。混乱した。中田はさらに声を張り上げた。

「……だって、君は僕を避けただろ。クラスで僕のように嫌われるのが怖かったんだ。だ、だから、僕を避けるために、違う班に、まったく話したこともない木村のいる班になんて、入ったんだ」

「なに、ひとりで興奮してんの？　おかしいよ」

いままで見たこともない険しい顔をしている。

中田の目はいつの間にか、充血していた。

沈黙がやってきた。

視界の端で素早く動くものが見えた。なんだろうと考える間もなく、僕の左頬に何かが激しく当たった。痛いというより、熱かった。中田が僕の頬を平手で叩いたのだ。

「馬鹿にすんな！」

もう一度、中田の右手が動くのがわかった。僕はとっさに左腕を上げた。

中田の右手が僕の腕に当たって、止まった。何かを言わなくてはと思った。でも言葉はやってこなかった。

中田は肩で息をしていた。中田は何も口にしないまま、足元を向いた。やがて崩れそうなほど、背中を丸めた。両膝に手をおいて、やっとそれを阻止しているようだった。背中全体が膨らんだり、しぼんだりしていた。

どういうわけか、中田の背中に手が自然と伸びた。Tシャツを着たそのあたりは思ったよりずいぶんとやわらかかった。汗をかいているからだろう、ねっとりと湿っている。その表面をぎこちなく数回、さすった。その一方でまた平手が飛んでくるかもしれないと警戒した。

小学生が乗った自転車が二台続けて、坂をくだっていった。

中田が姿勢を戻した。驚いたことに、泣いていた。何か言葉をかけるべきだと思ったけれど、何を口にすればいいのかわからなかった。

僕は中田の手を取った。その手は温かく、ふっくらとしていた。中田はきっと僕の手を冷たいと感じているはずだ。

「ありがとう」

中田が、目を伏せたまま言った。

「君のこと……。だから、部活にも誘った」

そう言ったきり、中田は黙った。

「……許すかわりに、このまま、駅までずっと手をつないでいてください」

中田が僕の手を握り返してきた。僕はうなずいた。僕らは駅までの続きを無言のまま歩いた。

計り知れなかった。大人になったら、このことにどんな意味があるのか、理解できるのだろうか。中田の顔を見る勇気などなかった。中田が何かを呟いた。でも秋風を思わせる強い風が、またそれを連れ去っていった。


二学期が始まった。まだ八月だというのに、盆地にはすでに秋の気配が十分に漂い始めていた。久しぶりの学校は騒がしく、誰もが眩しいほどに元気で明るかった。この雰囲気が僕は苦手だ。気後れしてしまう。

「脩くん、東京に行ってきたんでしょ」

廊下で思い切り背中を叩かれた。振り向くと、思った通りデブ山が日焼けした顔をこちらに向けて、息を切らして立っていた。

「学校じゃ、こんなに暗い顔で存在感ゼロなのに、することはかなり大胆なんだから」

「そうかな……」

僕が東京へ行ったことは、当然ながら先輩とのあいだで語られているだろうと予測していた。先輩がデブ山にどこまで喋ったかが気になった。

「部屋まで行ったんだって？」

「まあ……新宿でご飯もおごってもらった」

「オムライスでしょ」

「知ってんだ」

「それより先輩、元気だった？」

「僕に聞かなくても、知ってるんじゃないの？」

正直に答えるのが面倒だった。

「なによその言い方、意地悪。電話でわかることと、わからないことってあるでしょ」

「まあ、そうだけど……」

「それよりわたし、美容師になることに決めたの！」

「はあ？」

デブ山はいつでも、脈絡もなく頭の中に浮かんだことをそのまま口にする。

「夏休みのあいだに、いろいろ考えたんだけど、美容師になることにしたの。それで東京の美容専門学校に進学することにしたから」

「美容師？」

デブ山とその職業のギャップに、ちょっと噴きだしそうな気持ちになったけれど、必死で我慢した。

「ちょっとイメージ湧かないけど……」

「でも、もうこれは決めたことだから、じゃあまたね」

デブ山は僕の肩をまた痛いほど叩いて、走り去っていった。

夏休みのあいだ松本の予備校の夏期講習に通っていたクラスの何人かが、そのことについて話している声が遠くから聞こえた。学校で行われた補習の話題もあちこちであがっていた。

誰もが、目の前に迫った進路や進学について頭がいっぱいなのだ。考えてみれば半年と少ししたら僕らは卒業する。残された時間のなかで、誰もがそれぞれの進路を決めなければいけない。この場所から離れなければいけないのだ。考えてみればすごいことだ。

だからなのか、ずいぶんとみんなの雰囲気が変わって感じられた。学校で行われた補習にはクラスのかなりの生徒が参加したはずで、僕のように去年までの夏休みと同じ気分で過ごした者はほんの数人だけかもしれない。デブ山も補習を受けていた。

来週から進路についての個人面談が一週間にわたってある。数人ずつ進路指導担任の先生のところに行って、具体的な報告や相談をすることになっている。進学希望者は具体的に進みたい学校名や学科まであげなくてはいけない。

あれから渡辺先輩とは一度も電話で話していない。新宿駅のホームで別れたままだ。何度も電話をしようと思ったけど、なんとなく先延ばしにしていた。先輩の東京での「事情」を知ってしまったからだ。

そのかわりに、先輩に宛ててハガキをだした。正確にはハガキではなく、自分が撮った写真の印画紙だった。宮坂木綿子のおじいさんの暗室でプリントした八ヶ岳の写真をハガキの大きさに切ったのだ。その裏にお礼と、久しぶりに会えてうれしかったことや、東京に行ったときの感想などをしたためた。写真は自分が撮ったものです、とも記した。でも宮坂木綿子のおじいさんのところでプリントしたことは書かなかった。投函したのは夏休みの最後の日だった。

先輩から返事が届いたのは進路相談が予定されている前日のことで、ハガキではなく封書だった。

僕が東京に行った日のことについて、いくつかのことが書かれていた。新宿駅に迎えに行ったこと、トウモロコシのこと、突然の雷のこと、そして新宿駅で一緒にご飯を食べたことのそれぞれについて、感じたことが小さな文字となっていた。

「守屋くんが写真の道に進みたいって言ったこと、やっぱりいいと思います。わたしは応援しています。やりたいことがあるって、貴重だよ」

はたしてやりたいことなのだろうか、先輩の部屋でも思ったことを、また考えた。「半年後に、守屋くんが東京にやって来るのを首を長くして待っているから（笑）」とも書かれていた。

最後に先輩が詠んだ短歌が添えられていた。

遠雷に友を見送る雨に濡れ
帰る道消え我ら手を取る

秋

11

ここのところずっと考えていることがある。いつまで、自分は逃げているつもりなのだろうか。そのことがいつまで許されるのだろうか。

高校に入ってからずっと、逃げていた。すべてに対し消極的で、けして積極的になれず、煮え切らない。そうすることに、何かへのささやかな反抗という気持ちがあった。その反抗とは、何に対してだろうか？　本当は違う高校へ行きたかったという後悔の念だろうか。とにかく、いつの間にか卑屈な自分自身の姿をまざまざと見ることがあって、時折うんざりした。そのうんざりを断ち切ってしまいたかった。

逃げていることは、自分のなかの「ずるさ」ともつながっている。でも気がつかない、鈍感なふりをしていた。でもそれも、そろそろ限界に近づいている。

いまここで、僕はいくつものことに正面から「向き合う」必要がある。そうしなくては、本当に後悔したまま高校生活を終えてしまうだろう。その予感に満たされて、苦しかった。

九月に入ると、盆地は急に足元をさらうように季節を変えていった。夏の匂いはすでにどこにもなく、日一日と秋の気配を深めていった。

「ひと雨ごとに、秋が深まるねえ〜」

柔道部のヒツジが窓の向こうの山の頂あたりを眺めて、しみじみした口調で言うので、なんだか深いところにみんなして落ちてゆくような気分になった。

中間テストが始まった。テストは午前中だけ三日間続くのだけど、午後に進路相談が行われることになった。ひとり十五分から二十分ほどの短い時間だが、それまでにかなり具体的な進路先を決めておく必要があった。すでに受験する大学を決めている者も多数いたし、就職希望者は進路指導の先生と頻繁に連絡を取り、情報交換をしているようだった。

諏訪は精密機械産業がとてもさかんで、地元で就職するとなると、ほぼ百パーセント、その関係の会社に就職することになる。この盆地は精密機械産業で成り立っているのだ。誰もが「セイミツ」と呼んだ。いくつかの大手の名の知れた会社があって、その下に規模の大きな下請け工場が、さらにその下に孫請け工場が、そして末端には家族と近所のパートタイムのおばさん数人を雇って、小さな部品をつくる自宅の続きのような工場《こうば》があった。小学校の同級生の四人にひとりの親はそんな小さな工場を営んでいた。僕の母もパートタイムで近所の工場で働いていたので、「セイミツ」は子どもの頃からあまりに慣れ親しんだものだった。でも、僕はその仕事に就くことだけは避けたいとずっと思ってきた。

高卒でこの盆地で就職するとなると、おそらく「セイミツ」で働くことになる。一年生と二年生のときに近所の下請けの工場でアルバイトをしたことがあったけれど、一日中、機械の部品に穴を開けたり、検品したりを延々と続けた。そして、自分にはこの種の仕事は絶対に無理だと思った。それから逃れるためにはどういうかたちにせよ、この盆地を一旦は離れなければという思いにつながっていった。

けして僕だけではなく、進学希望の同級生の心のなかにも、少なからず同じ思いがあるはずだ。逆に就職する者は、その単純作業を受け入れる覚悟をしているのだろう。

進路指導の部屋は職員室の隣にある。

担当の先生はそれ専任というわけではなく、八クラスある同じ学年の担任のうち二人の先生が、代表してすべてを受け持つかたちになっていた。具体的なことや直接相談することがあれば担任のところに行くことになっていたのだが、決められた時間に相談するときはその部屋へ出向き、二人の先生と面談する。きっと大学とか専門学校とか地元の会社についてたくさんの情報を、総合的に持っているということなのだろう。

とにかく、僕はその進路相談室に、指定された中間テスト二日目の午後に向かった。お医者さんの問診でも受けるように、一組の担任の山本《やまもと》の前に置かれたパイプ椅子に腰を下ろした。山本が僕の担当だった。もうひとりの先生は別の生徒と面談していた。

「守屋くんは二年生のときから進学ってことだけ決めているようだけど、まだ進みたい方向も、まったく決まっていないのか？」

あきれたような、冷ややかな口調だった。

「はい……」

「君の担任は、病気でずっと休んでいるから、何かと情報不足だし不安なことがあるだろうけど、そろそろ決めないと、ほんとどこも間に合わなくなるよ……」

夏休み前に進路報告をすることになっていたけれど、僕はその用紙を提出していなかった。それもあって印象が悪い。提出しなかったのは正直なところ、迷いがあったからだ。

「方向が決まらないってことは、やりたいことがいまだに見えていないってことなんだろ？」

山本は黒縁のメガネの真ん中を指ですっと上にあげた。五十歳くらいだろうか、この人は誰かに似ているなあと思ってよくよく見ると、作家の松本清張《まつもとせいちょう》によく似ていた。

「やりたいことはあります」

「あるの？」

山本は意外な顔をした。

きっと僕のことをまるでやる気がなく、煮え切らず、自分の進路を自分で決めることもできない、なんの特徴もない生徒だと思っているはずだ。確かになんの特徴もない。二年半の高校生活のなかから、ひとつ語るものをあげなさいと言われても、何ひとつ思い浮かばないのだから。

同じ学年には生徒会長をしている者も、陸上の短距離で県大会に出場して準優勝した者も、三回戦で敗れたものの地元のテレビで涙を流す姿を放映された野球部員もいる。でも僕は彼らには遠く及ばない。ひとつのことをやり通したこともなければ、情熱を傾けたこともない。

山本がノートに何かしらのことを書き込んでいる姿を見ながら、ぼんやりとそんなことを考えていた。

「やりたいことってなんだ？」

「……写真です」

「写真？」

「はい」

「……ってことはカメラマンとか、そういうやつ？」

「はい」

「そう……」

山本は腕を組み、黙った。

「それって、ところで、どうやってなるんだ？」

「え？」

「だから、カメラマンってどうやってなるんだ？」

「さあ……写真の学校に行けば、なれると思うのですが……」

「……そんなことで、本当になれるのか？」

考えてもみないことだった。

「親はなんて言っているんだ？」

「まだ言っていません」

「写真が趣味か？　君の？」

「いえ」

「写真部じゃなかったよな？」

「はい、違います……」

「カメラ、持ってんのか？」

「いえ……でも借り物はあります」

「……大丈夫か、お前、借り物で人生を決めても」

山本は苦笑した。それからまたメガネの真ん中を押し上げ、髪の毛をぐしゃぐしゃとかき回した。この人は案外いい先生なのかもしれない。ずいぶんと、とっつきにくく冷たい印象をもっていたのだけど、少なくともいま真剣に考えてくれていることだけはわかった。

「いままで、そんなことを言いだした生徒いないからさ」

また髪の毛をかき回した。

「僕もカメラマンの人に、一度も会ったことありません」

山本がこらえきれずという感じに、小さく声をだして笑った。

亀さんのことが頭に浮かんだ。小さな罪悪感を覚えたからだ。正確には写真を職業としている人には会ったことがある。でも写真館の店主とカメラマンは違うのだと亀さんは言った。その違いさえ、いまの僕にはよくわからない。

「写真が君の本当にやりたいことか？」

山本がまっすぐ僕の目を見て、改まった口調で言った。

本当にやりたいことだろうか。

先輩から届いた手紙に書かれていた「やりたいことがあるって、貴重だよ」という言葉が頭に浮かぶ。

「きっと、そうだと思います……」

答えたあとで、そんな答え方をしている場合ではないと思った。もはや、やりたいことかどうかなんて、どうでもいいのだ。決めてしまえば、それでいいのではないか。たったいま、ここから始まる時間の先を「やりたいことは写真です」ということにしてしまえば、それでいいのではないか。

「はい、やりたいことです」

言い直すと、山本は口をとがらせ不思議そうな顔をした。

夕方、足は自然と亀さんのところへ向かった。まっすぐ家に帰る気にはならなかった。気分が高揚していた。

夏休みのあいだは、まったく訪ねていなかった。だから久しぶりだ。

秋の気配に包まれた商店街を歩いた。西日に照らされた通りは妙に立体感をもって映った。時折吹く風に、外灯につけられた葉っぱのようなプラスチックの飾りがきらきらと反射した。人の姿はまったくなく、やはり眠ったような町だと以前と同じことを思った。自分の影が路上に長く伸び、それを追いかけるように歩いた。

進路を、今日はっきりと決断したことを何より喋りたかった。それに夏休みのあいだに東京に行ってきたことも伝えたかった。さらにもうひとつ宮坂木綿子について、何かしらのことを聞くべきなのではないかと強く思った。

このことは夏休み中に、何度も考えていたことでもあった。僕は自分の揺れる影の先端に目をやった。自分と関係のない生物を見ているようだった。

数か月ぶりに会った亀さんの印象は以前とは違った。急に歳を重ねたように映った。もしかしたら、単純に入口のガラス戸から差し込む西日の反射光が、そうさせたのかもしれない。いずれにしても、僕は亀さんの肌に刻まれたしわの数を数えるように、その顔をまじまじと見た。

「大冒険してきたっちゅうか？」

東京に行ってきたことを話すと、うれしそうに亀さんは呟いた。

「大冒険というほどでもないんですが……」

「まあ、冒険には変わりねえなあ。おらあはもう十何年も東京なんて行ったことねえだで。これから先も一生行くこともねえら。だで、十分に大冒険だ。あんな都会は、おらあのようなものには恐ろしくて……」

そんなふうに考えることもあるのか、という単純な思いが湧いた。当然ながら、僕はそんな気持ちをまったく持ち合わせていない。すると自分は確かに若いのだ、と思えた。

亀さんは若い頃、東京の写真館で数年のあいだ働いていたことがあったと、聞いたことがある。それがいまから何十年前で亀さんがいくつのときだったのかは知らない。

高校を卒業したら、僕は亀さんがもう「一生行くことがない」という街へ向かうつもりだ。そこで新たな何かが生まれることを望んでいる。もしかしたら、その街にずっと暮らすことになる可能性だってある。でもいま二人して西日に足元を直接照らされながら、亀さんはその街に自分はもう行くことがないのだと断言した。

亀さんが淹れてくれたコーヒーをすすり、同じ味を味わっていることに変わりはない。でも僕らは同じ時間を生きているわけではない。

「あのう、木綿子さんの具合はどうなんでしょうか？」

喉元まででていたのに声にすることをいつも躊躇していた言葉を、思い切ってごろんと外に向かって転がしたような気持ちだった。

亀さんの手の動きが止まった。コーヒーカップを持った右手が宙に浮かんでいた。細かく揺れている。

「ああ、木綿子のことか……」

亀さんは視線をはずし、遠くにそれをやった。何かを見ているようでいて、何も見ていないみたいだった。

商店街から駅までの道を、来たときとは逆に歩いた。夕日は盆地の山の向こうにすでに消えている。

結局、僕は今日学校であったこと、つまり進路相談室での出来事や、進路を決めたこと、その高揚感とともに亀さんを訪ねる気持ちになったことなど、ひとつも話さなかった。話さないまま、亀さんのもとをあとにした。

宮坂木綿子のことを口にしてしまうと、もうそんなことは些細などうでもいいことに急速に思えたからだった。いや、本当にどうでもいいことなのかもしれない。

亀さんは突然に、涙を流した。

その年齢の人が泣く姿を目にするのも、押し殺された嗚咽のような声を聞くのも初めてのことだった。何よりただごとではないという気分にさせられ、身動きできなくなった。亀さんの内側に、ドロリと重い感情が、はたしてどれほどの量と質を持って横たわっているのかは計り知れなかった。

亀さんは最初、宮坂木綿子のことを淡々と話し始めた。

松本の大学病院に入院していること、最近になって個室の病室に移ったことを口にしたあとで、夏休み前から同級生にはあまり会いたがらないし、学校の話を好んではしないようになったのだという。

どうしてだろう、と疑問が湧いたが、訊ねてはいけない気がした。しばらくの沈黙のあと、それを察したかのように亀さんが口を開いた。

「自分がみんなと一緒に卒業できないらしいと気がついたからずら。おらあは詳しいことはわからんけども、丸々四か月学校に行ってねえで、無理だってことに本人が気がついたずらで……」

亀さんはこらえ切れずというように静かに涙を流し始めた。

肝心な病状について、口にしなかった。しないことが、何かを確実に物語っていた。

僕は何も言葉を重ねられなかった。自分よりずっと年上の、いままでいろんな体験をしてきたであろう、つらいことも悲しいこともたくさんあって、それを乗り越えてきたであろう人が、涙を流すのはそう生易しいことではないはずだ。

渡辺先輩が言った、

「とても難しそう」

「もう、学校には戻れそうもないんだってね」

という言葉について、僕はあれからずっと考えていた。それが本当なのかも、聞くつもりでいた。でも、とても聞くことなどできない。もし訊ねれば、きっと正直に病名も答えてくれるだろう。でもそうしたところで、何も変わらない。

このことも逃げることになるのだろうか。物事と正面から向き合うなどと言っておきながら、はやくも逃げだしている。

「あのう、できたら木綿子さんのお見舞いに行きたいのですが」

思い切って口にした。宮坂木綿子に会いたかった。その気持ちは揺るがないものとして強くあった。

老人は少し困ったように口の端を下げた。

「そうか……行ってくれるか。君が行ったらきっと木綿子もよろこぶよ」

声には力がこもっていなかった。

12

次の日曜日、僕はいつも学校に行くときと同じ時刻の松本行きの普通電車に乗った。よく晴れていた。普段はかなり混雑していてボックス席のどの席にも座ることなどできないのだけど、ほとんど乗客がいなかった。だから、ひとりでボックス席を占領して座ることができた。

一昨日、僕は迷った末に亀さんに電話して「今度の日曜日、松本の病院にお見舞いに行こうと思っています」とおそるおそる伝えた。

すると亀さんは病院の正確な名前と所在地を教えてくれた。

このあいだのように取り乱すこともなく、冷たくさえ思えるほどの事務的な口調だった。まったく感情は読み取れなかった。でも十分に僕に対する気遣いも感じた。駅からの簡単な道順と歩いて何分ほどかかるかを丁寧に教えてくれたからだ。

「慣れない土地だで、気をつけていけや」

そんな言葉ももらった。

車窓からはずんぐりとした山々がずっと続いて見えていた。どの山もまだ青々としていたが、すでに秋の光に包まれている。夏とは違うぽっかりと空洞のようにあいた高い空は少し黄色味を帯びて感じられたし、小さく開けた車窓の外から届く風も、頰と鼻の奥にツンと冷たく触れた。


僕は窓の外をぼんやりと眺めながら、宮坂木綿子に会ったら、最初にどんな言葉をかければいいのかを考えた。すでに昨日から考えていることだったけれど、具体的に適切と思われるそれは浮かばなかった。

「久しぶり」なんて言葉は軽薄な気がしたし、いきなり「身体の具合はどう?」とか「いつごろ退院できそうなの?」などと訊ねるべきではないだろう。すると、とても遠い場所に彼女がいるように思えるのだった。それは何よりもいま彼女がどのような状態と気持ちで入院しているのかわからないからだ。

女の子ってなんだろうと、そのあとで唐突に思った。

もし入院しているのが宮坂木綿子ではなく、例えば柔道部のヒツジだったなら、僕はもっと早くそれも何も考えることなく、ある意味とても気軽に、もしかしたら小旅行にでかけるように内心浮かれて松本に向かっただろう。でも宮坂木綿子だとそうはいかない。どうしてだろうか。この差はなんだろうか。

ひと呼吸おいてから「まあいいや」と口にしてみた。それから「まあとにかく自分の気持ちのままにまっすぐ進もう」と言い聞かせた。

僕は一冊の薄い本をバッグの中に入れていた。島木赤彦の歌集で、県内の小さな出版社から発行されているそれを、駅前の書店で手に入れた。宮坂木綿子にプレゼントするつもりだった。

そのなかに赤彦が活動の中心としていた「アララギ」についての簡単な解説があった。昨晩その部分を読んだ。アララギとは樹木の名前であり、漢字では阿羅々木と書くことを知った。その樹は諏訪でよく見られるらしい。

宮坂木綿子はこのことを知っているだろうか。

松本の駅に降り立つのはいつ以来だろうかと、ホームを歩きながらしばらくのあいだ考えた。もっとも近い都会が松本だという感覚が諏訪の高校生にはある。だから高校に入学すると誰もがひとつ覚えのように友達と連れ立って、長い休みのどこかで松本へ繰りだすのが決まりみたいになっていた。

一年生の春休みに訪れたきりだったことを、改札をでたところで思い出した。ずいぶんと昔のことに感じられた。

登山者たちが駅前にたむろしていた。多くは大学生のようで、北アルプスから下りて来たばかりなのだろうか、誰もが疲れた顔をして、ぼんやりと佇んでいる。松本では登山者の姿は見慣れた光景だ。

駅前から大通りをまっすぐ歩き、左へ折れた。僕は亀さんが電話で教えてくれた道順のメモを片手に持っていた。駅から歩いて十分ほどで病院に着くはずだ。

街は確かな秋の気配に包まれていた。諏訪よりも季節は先に進んでいるようだった。街路樹は完全に赤や黄色に色づいていて、振り向くと北アルプスが駅の向こう側にくっきりと望めた。うっすらと青みがかった峰々はまるで海の荒波が静止したように映った。

僕は明らかに緊張している。口の中が乾いているのに気がついたのは、電車の中だった。いまもそれは続いていて、ふと気を緩めると、駅からの道を逆戻りして逃げだしたくなる衝動に駆られる。どうしてだろうか。

やがて、怖いからだという結論に達した。では何が怖いのだろうか。努めて冷静に考えてみる。その分だけ、会いたいということなのだろうか。では会いたいとはいったいどういうことだろうか。好きという感情と結びつくのだろうか。

松本城が眼前に迫ってきた。僕は考えることをやめた。ふと、たったいま渡辺先輩は、東京のどこにいて、何をしていて、何を思っているのだろうかと脈絡もないことが頭に浮かんだ。

病院の建物は白く巨大だった。あまり人気のないロビーを進み、受付で「お見舞いに来たのですが……」と告げると、カウンターの向こうの女性は名簿のようなものを取りだしながら「お名前を教えてください」と言った。

僕が自分の名前を口にすると、困ったように苦笑いした。

「その前に、入院している方のお名前を教えてください」

ずいぶんと恥ずかしかった。

「宮坂木綿子さんです」

女性はうなずくでもなく、真剣な眼差しで名簿を人差し指でたどっていった。

やがて、六階の病室にいると教えてくれた。小さな紙切れに鉛筆で素早く部屋番号を走り書きして、病院の中の簡単な地図と一緒に渡してくれた。

「では、ここにあなたの名前を書いてください。それから入院している方の名前をその隣にフルネームで書いてください」

言われるままに差しだされた用紙に、名前を書き入れた。

自分の名前の隣に「宮坂木綿子」と綴ると、思いがけずひとつの感情が湧いた。ある現実感のようなものだった。宮坂木綿子と同じ場所に立っているというそれなのか、いますぐに会えるというそれなのか、ほかの何かなのかの判断はつかないままだったけれど、宮坂木綿子の存在がまるで草いきれのように、胸元にやってきた。

宮坂木綿子は、宮坂木綿子ではなくなっていた。

それが病室で彼女を目の前にしたときに抱いた最初の思いだった。言葉にしてみれば、ずいぶんと残酷な響きをもっていることに、あとで気がついた。

個室は明るい光に包まれていた。窓際に置かれたベッドの上で、彼女は背をもたせかけて外を眺めていた。

彼女はひどく痩せていて、頭蓋骨がそのまま首の上に載っているように見えた。まさに皮が骨に張りついていた。首筋も手首も指先も同じで、手の甲はまるで干上がった川底のようだった。僕は動揺した。でもこのことを悟られてはいけないと、必死で平静を装った。

はたしてこのことを、本人はどう感じているのだろうか。

宮坂木綿子は笑顔で、「久しぶり」と言って静かに小さく頭を下げた。その笑顔に救われる思いがした。緊張がとけた。

「守屋くんが今日、来ることは聞いていたから、そろそろかなあと、さっきからずっと考えていたの」

僕は無言でうなずき、ベッドの脇に立ったまま、窓の外に目をやった。はたして次に、自分はどんな行動をとればいいのか、とるべきなのかが急にわからなくなってしまった。考えてみれば、誰かのお見舞いに行った経験などない。口の中は乾ききっていた。何故か彼女を植物のようだ、と思った。

「松本の街がよく見えるね」

「そうだね……ここで気に入っていることは、そのことだけ……」

「お城も見える」

「うん」

しばらくの沈黙のあと、「椅子があるから座って」と言う彼女の言葉に従って、折りたたみの椅子を開いて、窓を背にするかたちで僕は座った。どこからかテレビからの笑い声が届いた。

「驚いたでしょ」

「なに?」

「わたし、こんなんなっちゃって……」

彼女は自分の腕のあたりをさすってから、指先を見つめた。絞り出すような声だった。

僕はとっさになんと答えればいいのかわからなかった。でも答える必要があった。

「驚いてなんてないけど……。それに、また元気になるから大丈夫だよ」

宮坂木綿子は口元に小さく笑みをつくった。

「守屋くんは何も知らないから……」

やはり植物みたいだ。

「ずんずん」

「なに?」

「ずんずん、歩いていってほしい」

「なに?」

「たったいまそう思ったの。守屋くんには、ずんずん、歩いていってほしいって」

「どこへ?」

「さあ。わかりませんよ、わたしには。でも、ずんずん行ける人には、ずんずんどこまでも行ってもらいたい」

僕は彼女の右手の指先に目をやった。その手は白い掛け布団の上にふわりと載っていた。僕が修学旅行に行っていたときも、渡辺先輩を訪ねて東京に行っているあいだも、彼女の実家を訪ねて亀さんに会っていたあいだも、ずっとこのベッドの上にいたのだ。けして短い時間ではない。ここではたして何を思い、考え、感じていたのだろうか。渦巻いていただろう感情はけして優しいものではなく、多くは厳しくつらく、険しいものだったはずだ。

喉元に何かが静かにこみ上げてきた。これ以上、自分はここで何も口にすることができない。いまごろになって、のこのことやって来たことを情けなく感じた。

持ってきた島木赤彦の歌集を、彼女に渡した。すでに持っていたらどうしようかと心配していたのだけれど、杞憂だった。

「ありがとう、こんな歌集がでていたなんて知らなかった。うれしい」

装丁はとてもかわいいものだった。だからだろうか、撫でるように両手で持ち、ちょっと興奮すらしているようだった。

僕は赤彦の歌を、あれからいくつか憶えたことを伝えた。彼女は大きくうなずいた。

「赤彦は二度結婚しているの。知ってた？」

「知らなかった」

「最初の奥さんは『うた』っていったの。歌人の奥さんが『うた』なんて、できすぎた話なんだけど、本当なのよ。でもね、けっして幸せな生涯を終えたっていうわけではなくて、最初に生まれた男の子は両目がほとんど見えなかったし、次に生まれた女の子はすぐに亡くなってしまったの。そしてその子が亡くなった翌年にうたもこの世を去った……」

「そうなんだ……」

「うたは、どんな気持ちだったんだろう」

僕は宮坂木綿子の顔をまじまじと見た。彼女は自分のつま先のさらに先の壁の一点を凝視していた。口をつぐむと、長い沈黙がやってきた。

「晩年に……赤彦は伊豆《いず》の土肥《とい》っていうところで、『うた』を思って歌を詠んでいるの」

「…………」

「詠んでもいいかな」

「もちろん」

宮坂木綿子は両目を閉じた。僕はその顔に目をやった。

「……亡《なき》がらを一夜《ひとよ》抱《いだ》きて寝しこともなほ飽き足らず永久《とは》に思はむ」

僕は目を閉じたままの彼女の顔を見つめ続けた。何かに必死に耐えていることを知った。

「そういえば、このあいだ山崎さんがお見舞いに来てくれた」

「聞いた」

「守屋くんとは中学、一緒でしょ」

「うん」

「修学旅行で班分けで一緒になってからよく喋るようにはなったけど、わたし、あんまり知らなくて、でも優しい人だね」

「優しい？」

意外だった。

「ただの乱暴者って感じだけど」

「そうかな、守屋くんも、本当はそんなふうに思ってないでしょ。だってわたし、知ってるんだよ」

宮坂木綿子は思い出し笑いでもするように、頬のあたりを小さくふくらませた。

「なに？」

「だって、守屋くん、山崎さんのことを、本当は『さっちゃん』って呼んでるでしょ。わたし、知ってるから」

やっぱり僕はこの人のことが好きだ、と思った。

「山崎さん、修学旅行の写真を何枚も持ってきてくれたんだよ。守屋くんと山崎さんとミチコが三人で写っている写真とか、鴨川の写真とか。それに守屋くんがひとりで写っている写真も。坂本竜馬のお墓の前のピース写真。木村くんがいないわけも聞いたよ。計画的犯行だったんだって。木村くんて、そう見えないよね。でも本当は面白かったんじゃない、ハプニング。聞いていて、すごく楽しかった」

宮坂木綿子は声を弾ませた。

デブ山がコンパクトカメラで熱心に写真を撮っていたのは、もしかしたら宮坂木綿子に写真を見せるためだったのだろうか。

「それにね、ノートのコピーも持ってきてくれたんだよ。数学と英語。どうしてその二教科なのかは謎だけど。でもわたし、ほんとにうれしかったんだ」

デブ山の知らない一面を知った。

もしかしたら宮坂木綿子と僕は、すでに違う時間を生きているのかもしれない。いや正しくは、彼女だけが誰とも違う時間の中にほっぽりだされてしまったのかもしれない。胸の奥が静かに色を変えるように熱くなっていく。唐突に彼女に春は来るのだろうか、と思った。

そんなことを考えていると宮坂木綿子が僕の顔を覗き込んで、

「なに、さっきから深刻な顔してるの？」

と、からかうように言った。

「いや、べつに」

僕が彼女のためにできることってなんだろうか。

「なに？　守屋くん、なんか、変だよ」

「そうかな」

「なに、考えてたの？」

なんと答えればいいのだろうか。

「来年の春、僕らは何してるかなって……」

「来年の春？」

宮坂木綿子は、きょとんとした顔をした。僕は黙ってうなずいた。彼女も黙ったままだった。やがて、彼女はこらえ切れないように唇をゆがめた。

13

「おめさんは、なにょうしてくれただ」

久しぶりに訪ねた写真館で、亀さんはまるで詰め寄るような口調で言った。最近では使う人の少なくなった方言でそんなふうに、いきなり言われたので、思わず身構えた。何も答えられないでいると、亀さんは大きく息を一回吸ってから、

「まあ、とりあえず座れや」

と乱暴に言って、奥に消えていった。

逃げ去りたい気分だった。

何度も座ったことのある、テーブルの脇に置かれた椅子。テーブルの向こうには丸い石油ストーブがひとつあって、オレンジ色の細い炎がその小さな窓から覗いていた。

そういえば、このお店で一度もお客さんの姿を見たことがなかったことに、いまごろ気がついた。

西日が扉のガラスを通して壁に届き、一枚の写真の半分を正面から照らしていた。額の一辺が鋭く反射している。よく見ると、白鳥が水面から飛び立つ瞬間をとらえたものだった。日の当たった部分と当たっていない部分のコントラストが何故か死を連想させた。

冬になれば毎年シベリアから越冬のために諏訪湖にやってくる白鳥たちを撮ったもののはずだ。盆地のアマチュアカメラマンは冬になれば必ずというほど、その姿を追う。誰が撮った写真なのだろうか。亀さんか、それともお店のお客さんだろうか。

亀さんがいつものようにコーヒーカップを二つ、トレーに載せて現れた。僕は再び、背筋を伸ばした。

「松本に行ってきたずら」

「はい……」

「おめさんは、木綿子になにょう言っただ？」

「…………」

「とんでもねえことを、言っつら？」

何について亀さんが腹を立てているのかは、わかっていた。

この人はいまここで真剣に怒っている。

「すみません」

僕は大きく頭を下げた。

「……木綿子の母親があの日の夕方に行くと、目を腫らしていたちゅうで、聞いたら、おめさんの名前を口にしただ。でも木綿子はそれ以上、何も言わなかったらしい。だで、おめさんが木綿子になんちゅったかは、おらあも、誰も知らねえけども、おめさんがなんかを言っつらで……」

「…………」

「そりゃあ、高校生には高校生にしかわからん、会話だってあるら、そりゃわかる。でも木綿子は病人だぞ、とにかく悲しませなんでくりょ」

亀さんはぷっつりと黙った。肩が小さく上下していた。コーヒーカップに伸びたその手が小さく震えていた。

亀さんはそれ以上言葉を重ねることも、問いただすことも、責めることもなかった。僕らはそのかわりのように、黙ってコーヒーを啜《すす》った。

もしお客さんがやって来て、僕らの姿を目にしたとしたら、世代の違う二人がただ穏やかにコーヒーを飲みながら向かい合っているように見えるだろう。

僕は沈黙が苦しくて、おそるおそる西日を浴びている白鳥の写真について訊ねた。

「あの写真は誰が撮ったのですか?」

「あれか。おらあだ。おらあが撮った写真だ」

「いい写真ですね」

「そんなお世辞はいらんで」

亀さんは、表情を変えなかった。

「白鳥にとっちゃ、諏訪の冬は暖かいだで」

「はあ……」

「もっと寒い国から来る白鳥にとっちゃ、諏訪の冬は春みたいなもんだで」

亀さんは僕の目を、ぐっと見た。何かを言いたげだった。


帰りの電車のシートにもたれていると、いろいろなことが頭を駆け巡った。

多くはあの日の宮坂木綿子のことだった。なぜ、彼女は赤彦の奥さんの話など突然始めたのだろうか。ついさっきの亀さんとの会話についても考えた。なぜ、最後まで問いただすことをしなかったのだろうか。それは優しさだろうか。

秋が終わり冬を迎え、やがて春が来れば、自分はいったいどこで何をしているのだろうか。本当に自分は東京に行くのだろうか、行くことができるのだろうか。もしかしたらまだ盆地の中にいるかもしれない。あと半年後に自分がどこにいて、どんな空気を吸って、何を見ているのか、まるでわからない。でも、不安などない。

とにかく根拠もないまま「春」という響きがとても明るく、頼もしいものに感じられた。では宮坂木綿子の「春」はどんなものだろうか。少なくとも頼もしいはずはない。渡辺先輩はたったいま、どこで何をしているのだろうか。東京のどこにいるのだろうか。あのアパートの部屋にいるのだろうか。先輩はストーブを持っているのだろうか。

電車を降りる頃には、公衆電話から先輩に電話するのは、まるでずっと以前から考え続けていたことのように感じられた。僕は公衆電話に向かった。カバンの中の手帳にはしっかりとアパートの電話番号が記してある。

でも先輩が電話口にでたら、はたして何を喋ればいいのだろうか。そもそも何を喋りたいのだろうか。

ふと宮坂木綿子がベッドの上で呟いた言葉がよみがえった。

「ずんずん行ける人には、ずんずんどこまでも行ってもらいたい」

彼女はそう言った。

「ずんずん」

声にしてみた。

しばらく続く呼びだし音が、受話器からではなく耳の奥で鳴り響いているような錯覚をおぼえた。先輩はどこかにでかけているのかもしれない。永遠にそれが続くのではと思った頃、不意に男の声が聞こえた。

「もしもし……」

いままで寝ていたようなくぐもったそれ。

「あのう」

「はい……」

「すみません。そちらの渡辺さんを呼びだしていただきたいのですが」

「渡辺さん？」

「はい」

「…………」

急に考えるように黙り込むのがわかった。

「渡辺さんって、女の子……」

「はい、そうです……」

「大学生の？」

「はい」

「……このあいだ、引っ越していったと思うけど……」

「引っ越した？」

「たしか……」

「そんな……204号室です」

「ちょっと待って」

声のあとに受話器を置くゴトという鈍い音がした。

しばらくしてまた男の声が戻ってきた。

「やっぱり引っ越してると思う、表札がでていないから……。ここ、大家さんの方針で一応表札をだす決まりになってるから、間違いないと思うけど」

「そんな……」

男が、つまらない嘘をついているのだろうか。でもそんなことはありえないだろう。

「いつ頃か、わかりますか？」

「引っ越し？」

「はい」

「……たしか秋口だった気がしたけど」

「っていうと、九月とかですか」

「いやあ、よく覚えてないけど。最近電気ついてないから……」

「そうですか……」

「これ以上、ちょっとわからないね」

もっと言葉をつなぎ、会話を続けたかった。そうしなければ先輩を見失ってしまうような気がした。

「わかりました、ありがとうございました」

電話ボックスの外にでた。家にすぐ帰る気分にはなれなかった。ではどこへ向かえばいいのだろうか。自然と足は再び駅へ向かっていた。

先輩ははたしてストーブを持っているのだろうか、なんて考えていたことが、どうしようもなく牧歌的なことに思えてきた。そんなことを当たり前に会話できると信じていた。それに「はたして何を話せばいいのだろうか」などと不安で胸をいっぱいにしていたことが、ずいぶんとまぬけなことに思えてならなかった。

次第に裏切られたような気持ちになった。先輩はどこに行ってしまったのだろうか。でもまだ何もわからない。否定するように強くそう思う。だって電話にたまたまでた、さっきの男の人が口にしたこと以外のことは何もわからないのだから。自分で確かめたわけでもないし、何より先輩から直接聞いたわけではないのだから。

誰もいない駅舎のベンチに腰掛けた。日曜日の夜になど誰もいない。中学生の頃に無人駅となってしまったから、駅員もいない。

秋口って、いつのことをさすのだろうか。やっぱり九月のことだろうか。それとも東京の人が口にするそれは、十月のことだろうか。

たったいま先輩はどこにいて、何をしているのだろうか。どうして連絡をくれないのだろうか。

先輩の姿を努めて頭に浮かべてみようとした。でもうまくいかなかった。

冬

14

「脩くん、元気ぃ！」

廊下でロッカーから次の授業で使う教科書をだしていると、思い切り背中を叩かれた。振り向くと、やはりデブ山だった。

いつもの挨拶代わりなのはよくわかるけれど、こんな無駄な労力を費やして無駄な痛さを与えることを、本人はどう思っているのだろうか。これが若さの象徴とでも思っているのだろうか。背中の痛さに、思わずそのことを問いただしてみたくなる。

「……それより、痛いんだよ」

「そんなことより、ビッグニュースがあるの！」

「はあ、そう……ですか。よかったね」

これまで彼女からどれほどその言葉を聞いただろうか。とにかく大げさなのだ。

「また、たいしたことないと思ってるでしょ」

満面の笑みだ。

「まあ……」

「聞いたら驚くよ！」

「だったら早く言って」

「わたしさあ、なんと！」

「なに？」

「なんと、進学先が決まったんだ」

「え？」

「だから、美容学校が決まったのよ。合格したの！」

「マジ？　ほんと？」

確かにビッグニュースだ。

「昨日家に帰ったら、速達が届いていて、封筒を見た瞬間にわたし、ピンときたの。ああこれは絶対に合格通知だって」

「おめでとう」

素直な気持ちだった。

「ありがとう」

いまにも泣きだしそうな潤んだ目に変わっていた。ちょっと大げさだなと思った。

「わたしが行くセンモンは、願書をだした先着順だから、本当は合格もなにもないんだけど、決まったことは間違いないから。来年からわたし、東京の人になるんだねぇ〜、やっとここから脱出」

心底うれしそうだった。こんな表情をした彼女をこれまで見たことなどあっただろうか。中学校から同じクラスだった彼女が、東京に行く。見知らぬ街の住人となる。

「ちなみに、な、なんと木村くんも、超偶然なんだけど、同じ学校に行くんだって。こんなことってあると思う?」

「……まあ、あるんじゃないの」

内心は驚いた。

「木村くんが美容師志望だってことは、前から知っていたんだけど、もしかして運命?ちなみに木村くんの彼女、国立狙ってんだって。信州《しんしゅう》大らしいよ。ってことは、松本だから、二人は別れ別れ」

デブ山はそう言ってから、眩しそうな顔をした。どこか困ったようにも照れているようにも映った。

きっと「超偶然」などではないはずだ。デブ山は木村の進学先をどこからか聞きだし周到に準備して、木村と同じセンモンに願書をだしたはずだ。そのことをいまここで問うつもりなどない。

「学校は東京のどこ？」

「渋谷《しぶや》」

「渋谷か。渋谷といえば……なんだっけ」

「忠犬ハチ公に決まってるでしょ」

そんなもんだろうか。

「脩くんも早く東京の人になってよ、待ってるから」

「まあ、いまさらだけど、試験頑張るよ」

僕が希望している写真学校は、年明けに試験が行われることになっていた。

「東京に女二人じゃ、無用心だからね」

「女二人？」

「なにとぼけてんのよ、渡辺先輩とわたし」

そう言ってデブ山は僕の二の腕のあたりを小突いた。

「いいよね脩くん、東京に行ったら、いつもわたしと先輩に会えんだよ、なんて素敵！」

「あのう、その先輩のことなんだけど……」

教室の方から授業の始まりを知らせるチャイムの音が届いた。

「ごめん、またね。以上、報告まで」

デブ山はつんと背筋を伸ばしてキヲツケの姿勢になり、それから右手を上げて、敬礼した。僕も同じく敬礼でもしてみようかなと思ったけど、やめておいた。

「じゃあ、また今度、ゆっくりとね」

デブ山は慌ただしく階段を駆け下りていった。

学校からの坂をひとりでくだった。デブ山の報告について、あれからずっと考えていた。そもそも本当にデブ山は美容師になりたいのだろうか、という疑問が消えなかったのだ。木村が美容学校に進学することと、自分のやりたいことが、グチャグチャになっているのではないだろうか。

では自分はどうなのだろうか。本当に写真なんてやりたいのだろうか。ただ思い込もうとしているだけなのかもしれない。たまたま宮坂木綿子の祖父に出会って、写真やカメラに触れる機会があったから、そう思い込もうとして、いつの間にか、「自分のやりたいこと」にすり替えてしまったにすぎないのではないか。そんなふうに考えれば、デブ山と自分に大差などないのかもしれない。

駅に着き、思い切って駅前の電話ボックスに入った。テレホンカードの残数はまだあったし、もう一枚五百円のカードも念のために持っていた。もし渡辺先輩が電話にでたなら、長電話になるかもしれない。でもそんな状況になることなど限りなくゼロに近いということも、またわかっていた。

汗ばんだ手で、03から始まる番号を指でひとつひとつ確かめるようにダイヤルを回した。

しばらくの間があり、呼びだし音がやってきた。

先輩が不意に受話器を取り、「ごめん、ちょっと留守にしていて」なんて明るい声が返ってくることだって、ありえないわけじゃない。でも、もし留守にするとしたら、いったいどこに行っていたということになるのだろうか。

「はい」

受話器から男の声が届いた。

「あのう、すみません……204号室の渡辺さんを呼びだしていただきたいのですが」

このあいだ電話にでた人だろうか、そうだったら、もっと詳しいことを聞いてみたい。

「……204?」

「はい」

「204は渡辺じゃないけど」

面倒くさそうな口調だ。

「は？」

先輩の名前を呼び捨てにしたのが、気に入らなかった。どうやらこのあいだの人とは違う。

「204は山下《やました》だけど」

「ヤマシタ……」

「はい」

「でも……そちらにも行ったことがあるので、間違いないのですが……」

訴えるような気持ちだった。

「……ああ、それ、前の人じゃないの？　女の子が住んでいたって大家さんから聞いていたけど、その人のことじゃないの」

「前？」

「だって、オレの部屋だから、204。住んでるから。先週引っ越してきた山下なんで」

宮坂木綿子から手紙が届いたのは年が明け、冬休みが終わり三学期が始まった日のことだった。その日は朝から雪で、夕方の上り電車が大幅に遅れて、家に着いたのは夜の八時を回っていた。

最寄りの駅に降り立っても、雪はまだ降り続いていた。夏に先輩に電話した国道脇の電話ボックスも雪に埋もれかかっている。綿雪はふわりふわりと、まるでふざけ合い、戯れているように、ゆっくりゆっくり地面に落ちていく。視界のすべてに雪が広がっていて、世界がたったいま生まれ変わったような気持ちになった。

その日、僕は十八歳になった。

お元気でしょうか。

いま、これを病院のベッドの上で書いています。窓の外には、色のない景色が広がっています。今日は、ちょっと体調がいいので筆をとりました。

去年の秋にはお見舞いに来てくれて、ありがとう。それに写真の年賀状、届きました。八ヶ岳の写真、素敵。うれしかったです。それに切手がかわいかった。

母が病室まで持ってきてくれました。お礼が遅くなり、それに年賀状もださずじまいになってしまい、ごめんなさい。

諏訪湖の氷が溶けだす春が、この冬をくぐり抜けたら来ますね。それに守屋くんも卒業ですね。きっと三年生の誰もが進路のことで、そわそわと落ち着かない日々を過ごしているのかな、なんて想像しています。

でも、わたしは凪の時間にいます。

春になっても卒業どころか、このベッドの上から動くことができそうにありません。実は学校から正式に通知が来ました。卒業は難しいというお知らせです。正直、くやしいけど、しかたがないですよね……。改めて、高校三年生をすることになりそうです。

ところで、守屋くんは、写真の学校に進学するんですね。そのこと、おじいちゃんから聞きましたよ。

試験はいつですか。これからでしょうか。うまくいくことを心から願っています。このあいだも言ったけど、ずんずん行ける人には、どこまでもずんずん行ってもらいたいのです。

そしてひとつお願いがあります。わたしを待っていてほしいのです。わたしも必ず追いつくので、さきで、わたしを待っていてください。そして、時々振り向いてください。振り向いて、わたしがいるのを忘れないでください。きっとわたしもいつか追いつくことができると思うので。お願いします。

うちのおじいちゃんが、先日、守屋くんに何か言いましたよね。このあいだ、おじいちゃんから聞きました。でも詳しいことは何も喋らないので、守屋くんにどんなひどいことを言ったのかはわからないままだけど、どうか許してください。気を悪くしないでね、なんていまさら言うこともできないけど。わたしには本当に優しい人なんです。

それに守屋くんがせっかくお見舞いに来てくれた日も、なんだか変なことになっちゃってごめんなさい。反省しています。病院に入ってから、あまり人に会わなくなってしまったからなのか、それとも病気のせいなのか、薬のせいなのかわからないけど、時々自分の感情をうまくコントロールできなくなることがあって……ほんとうにごめんなさい。

いま、東京に向かう列車の中で僕はその手紙をまた開く。

オレンジ色と緑色に塗り分けられた急行列車は甲府と大月《おおつき》で停車した。高尾を過ぎると、急にそれまで両側に押し寄せるようにあった山々は消え去り、家ばかりの風景に変わった。

東京が始まったのだ。僕はまた窓の外に目をやる。冬の陽射しに包まれているとはいえ、諏訪のそれよりずいぶんと明るい。雪がまったくないこともあるのだろうが、春のなかに自分がずぶずぶと入っていくような感覚をおぼえた。すると、自然と宮坂木綿子のことが頭に浮かぶ。

たったいま、こうして東京に向かっているあいだも、彼女はあの病室のベッドの上にいる。胸がつまった。どうして「ごめんなさい」なんて言葉で手紙を終えたのだろうか。そんな必要などまるでないのに。

自分と彼女の距離は、いま目の前で急に加速しながら広がっている。自分は遠くへ行くのだという自覚がそう思わせるのだろうか。彼女が知らない風景のなかにこれからは身を置くことになる。もはやとどまることなど、できないのだ。高校を卒業したなら、もうあの坂の上の学校に向かうことは許されない。どこかへ旅立っていかなければならない。そのことが、初めてずいぶんと残酷なことのように感じられた。

「ずんずん」

彼女が呟いた言葉を、小さく口にしてみる。

列車は多摩《たま》川を渡った。土手の枯れた芝生が太陽の光を正面から浴びている。窓の外の風景が、また一段と東京らしくなってきた。

写真学校の試験は明日の朝からある。それに備え今日は新宿のホテルに泊まることになっている。はたしてそのホテルまで無事にたどり着けるだろうか。少し不安だった。

こんなときに渡辺先輩と連絡が取れたら、きっと力になってくれただろうし、何より心強かった。ここ数日、そんなふうに考えることが癖のようになってしまっている。

あれから先輩のところには電話していない。先輩の住んでいた部屋の新しい住人が直接電話にでたのだから。電話をしたところで迷惑がられるだけに違いない。

でも、明日試験が終わったら、その足で先輩のアパートを訪ねるつもりだった。試験そのものよりも、そのことの方がこうして東京に向かっている本当の目的のようにさえ思える。

写真学校は地下鉄の丸ノ内《まるのうち》線の中野坂上《さかうえ》駅から歩いて十分ほどの住宅街のなかにある。先輩のアパートがある阿佐ヶ谷まで、丸ノ内線でほんの数駅だ。そのことをほんの数日前に知った。

試験は筆記試験のあとに面接が行われ、午後、早い時間に終わった。面接の感触はけして悪くなかった。

「君は一度も学校を休んでないのですか?」

「はい」

「皆勤賞なの?」

三人いるうちのひとりの面接官が言った。

「はい、そうです」

どの面接官も優しそうな眼差しを向けてくれた。三人の座る背後には窓があって、柔らかな光が差し込んでいた。やはり春を十分に連想させる穏やかなものだった。その光が僕のつま先に触れていた。するとどういうわけか、きっと自分は試験に受かるだろうなと思った。

僕はすぐに地下鉄に乗り、南阿佐ケ谷駅に向かった。

先輩のアパートへ向かうのは約五か月ぶりだった。

駅からの道順が、以前の国鉄の駅からとは違ったこともあり、なんとかわかると思っていた路地の入口を何度も間違え、たどり着いた頃にはもう日がかなり傾いていた。

先輩のアパートは夏の陽射しのなかで目にしたときとは印象が違った。老人がじっとうずくまっているように映った。

おそるおそる、重い引き戸を開いた。暗いタタキのような空間に足をしのばせた。下駄箱の方からすえた臭いがした。はたして、自分はここへ何をしに来たのだろうか。先輩の所在を確かめるためだ。でもそれだけではない気がしていた。靴を脱ぎ、おそるおそる階段を上がった。足の裏にひんやりと板の間の冷たさがやってきた。裸電球がひとつ灯っただけの暗い廊下を歩くと、ぎしぎしと床がさみしい音を立てた。

先輩の部屋の前に立った。

表札は、やはり違った。足の裏はひどく冷たかった。

僕はアパートをでて、国鉄の駅の方向へ歩きだした。身体の奥深くを乱暴に誰かに鷲掴《わしづか》みにされたようで、苦しかった。

さまざまな感情が波を打つように押しよせてきた。とにかく僕は、いや僕らは、いま旅立たなくてはならない。

15

二月に入ると、盆地の寒さは一段と増した。

僕ら三年生はほとんど授業がなくなり、週に一度だけの登校日以外は学校に行かなくてもよくなった。それでもこれから受験を控えている生徒の何人かが一部の教室や図書館で自主的に勉強をするために学校に向かっているらしかった。

数週間のあいだにめまぐるしく、さまざまなことが起こった。これからさきの人生でも、こんなことはきっとないだろうと思わせるほどに。

デブ山は東京に行くことを断念した。親の反対がおもだった理由だ。そもそも東京の専門学校に願書をだしたのは、きちんとした親の承諾がないままだったらしい。彼女は深刻な表情をして、そのことを僕に報告した。結局、仕送りが少なくてすむ松本の美容専門学校へ進学することになった。

同じ県内なので、実のところは、安心しているようにも見えた。

僕は写真の学校に合格した。うれしくないと言えば嘘になる。でも、極端に心躍るわけでもなかった。いつでもそうなのだ。何かに夢中になったり、手放しに興奮することがない。

卒業式まであと十日ほど残した日に、その知らせはやって来た。

「今朝方、木綿子が亡くなりました」

電話の向こうの亀さんの声は落ち着いていた。

もしかしたら、僕はこの時を、本当は待っていたのかもしれない。避けられないこととしておびえつつも、密かに待っていたのだと思う。だから、受話器を耳にあて、亀さんの声を聞き、その事実を知ってもあまり驚かなかった。ただ、それをどうやって受け入れればいいのかわからず、うろたえた。

クラスの半分ほどの生徒がお葬式に出席した。

宮坂木綿子のお父さんとお母さんに会ったのは、そのときが初めてだった。セレモニーセンターで、亀さんは小さく石のように固まっていた。僕が挨拶しても、最初は気がつかなかった。なんと言葉をかけていいのかわからずに、黙って頭を下げた。

「おらあが、先にいきゃあ、よかっただ」

亀さんは小さく呟いた。

遺影の宮坂木綿子は高校の制服を着ていた。緊張した顔を、こちらに向けている。笑顔はもっとかわいいのにと思ったけど、そんな写真は見つからなかったのかもしれない。

遺影がいつ撮られたものなのかは、すぐにわかった。高校の入学式の日に、写真館のスタジオで亀さんが撮り、お店のショーウィンドーにも飾られているものだ。

僕は葬儀のあいだ、その顔を一番後ろの席から、ずっと見ていた。なぜか不意に背後から彼女が現れるような気がした。

僕は何度か後ろを振り返った。冬の終わりの、かさかさに乾いた西日がガラス窓の向こうから金属の柱に反射していて、眩しかった。身体の奥の方を逆撫で、急き立てた。

卒業式の日は大雪だった。三月に入って雪が降るのは、けして珍しいことではない。四月にだって降ることが時々ある。

僕はいつもの駅で降りなかった。

卒業式なんて、すでにどうでもよかった。

彼女の死を知ってから、頭の中に霧がかかったように、ぼんやりとして感じられる。目の前で起きている出来事が、遠いどこかで起きていることのように思える。何かひとつのことを集中して考えようとしても、端からチリヂリになってゆく。いままで意味があると信じていたことが、まるでそうでなく、薄っぺらなものになりかわっていく。

僕は亀さんに会いに行くつもりだった。わざわざ、卒業式をさぼってまで行く必要があることなのか、ないことなのかはよくわからない。写真学校に入学が決まったことは、亀さんにはすでに伝えてあった。

卒業式をさぼれば、真の意味で皆勤ではなくなる。でも宮坂木綿子が亡くなったいま、そんなことはどうでもよく、ただの感傷や自意識のなれの果てにしか思えない。

僕は初めて、激しく知った。死ほど圧倒的で、すべてをなぎ倒してしまうものはないことを。多くのことは止まり、意味を失う。

カバンの中には亀さんから借りたままになっているカメラが入っている。いつか返さなくてはと思いつつ、まだ返していなかった。僕はそれを今日、返しにいくことにしたのだ。眠ったような商店街にも雪が降り積もっている。閉まったままのシャッターの前を歩く。自分が雪を踏み押しつぶす音が、耳に届く。この商店街を訪れるのも、もうしばらくないだろう。すると急に胸のあたりがざわつく。自分が東京へ行くことが、自分を育んでくれた場所や人やものを、一瞬にして一方的に捨てさってしまうことのように思えた。

一度だけ振り返った。通学路の坂道が見えると思ったからだ。でも、雪に霞んで見えなかった。頬と唇に冷たさが触れた。

写真館のショーウィンドーに明かりがついているのが、遠くからわかった。ふわふわと落ちてゆく無数の牡丹雪に重なって、いくつもの額に入った写真たちが黙って雪を見つめている。

お店の中には蛍光灯がついていた。きっと亀さんはいるはずだ。

ガラス戸を開ける前に、もう一度、ショーウィンドーに目をやった。いくつもの宮坂木綿子と目が合う。一番上に飾られていた高校の入学式の日に撮られた写真が入った額はなくなっていた。

「ごめんください」

ガラス戸を開けた。石油ストーブの匂いが鼻をつく。写真の薬品の匂いも混じっているようだった。奥の部屋から亀さんが現れた。驚くほど白髪が増えていた。

「ああ、おめさんか」

亀さんは小さく笑った。僕は少し安心した。

「こんにちは。すごい雪ですね」

両肩に積もった雪を中に入る前に落とすのを忘れていたことに気がつき、僕は慌てて一旦外にでて、雪を払った。

「あのう、今日はずっと借りていたカメラを返しに来ました」

「カメラ?」

僕はカバンからカメラを取りだした。

「……ああ、それか」

「長いあいだ、ありがとうございました」

カメラを差しだした。カバンに入れていたのに、その表面はひどく冷たくなっていた。

亀さんは考えごとでもしているように微動だにしなかった。

「いいだ」

「はい?」

「そりゃあ返してくれなんで、いいだ」

「……」

「おめさんに、あげたもんだで」

「そんな……」

「おめさんが使ってくれた方が、おらあは、うれしいだ。東京に持っていってくりょ」

「でも……」

「本当に、本当にそう思うだで。そうしてくりょ……」

いいのだろうか。

「それより、寒かっつら。コーヒーを飲んでけ」

亀さんは奥の部屋に消えた。

僕はカメラをテーブルの上に置き、それから以前のように、テーブルの下の丸い椅子を引っ張りだして、座った。

ぐるりと部屋の中を見回した。何も変わっていない。きっとこれからも変わらないはずだ。宮坂木綿子の写真が、これから先、増えてゆくことはない。その視線と目が合うのがつらくて、僕はテーブルの上に視線を移した。蛍光灯に照らされて銀色に光っているカメラが、黙って僕を見ている。

コーヒーカップを二つトレーに載せて、亀さんは現れた。啜ると変わらない味がした。

「ほら、しまっとけ」

亀さんがカメラを片手で鷲掴みにした。

これ以上、拒むのは逆に失礼な気がしたし、もらえることは正直うれしかった。

「ありがとうございます」

僕はカメラを受け取った。

「おめさんが使ってくれたら、うれしいだ。将来のある人に使ってもらった方が、カメラもよろこぶで」

僕はうなずいた。

コーヒーを飲み終わると、亀さんが思いがけないことを口にした。

「スタジオで写真を撮ってくか」

驚いた。

亀さんがカメラを握る姿を僕は初めて目にした。スタジオのカメラは僕がもらうことになったそれよりもずいぶんと大きかった。はたして何というカメラなのかは、わからなかった。

何よりさっきまでの亀さんの印象とは大きく違った。動きに無駄がなく、十も二十も若く映った。暗室で作業をするときのように動きが俊敏だったからだ。プロの動きだ、と思った。

スタジオの一番奥に置かれた小さなソファに座るようにと亀さんは言った。僕はそこに腰掛けた。写真館で写真を撮ってもらうことは初めてだった。質感を確かめるように、革張りの肘掛を撫でてみた。宮坂木綿子もここに座って、写真を撮られたのだろうか。

「はい、撮るよう」

亀さんが声高に言って、片手を上げた。僕は背筋を伸ばした。次の瞬間、小さなシャッター音とともに目の前が強い光で真っ白になった。

「はい、もう一枚」

亀さんが穏やかな笑顔で僕を見ていた。

背筋を伸ばし、カメラのレンズを見つめた。目の前がまた真っ白になった。

「いい記念になりました。ありがとうございます」

「今日は卒業式ずら。いいだか、行かなくて」

「……知ってたんですか」

「おめさんを撮ったのは……木綿子のかわりだ……」


亀さんのお店をでると、雪はさらに激しさをましていた。

卒業式はすでに終わっている頃だろうか。駅の方向に歩く気持ちにはなれず、足は自然と諏訪湖に向かっていた。雪の降る日は降ったばかりの雪にすべての音が吸収されるからとっても静かだ。

「いつでも遊びにこいや」

別れ際に亀さんは言った。だけど、きっと亀さんの店を訪れることは、もうないかもしれない。

僕は足を止めた。ふと、撮らなくてはと思った。

一枚も宮坂木綿子の写真を自分がもっていないことに気がついたからだ。ましてや宮坂木綿子を、僕は一度も写真に撮ったことがない。わかりきっていることが、とてつもなく耐え難いことに思えた。それはこの盆地を離れてしまっていいのだろうかという思いにつながった。

僕は来た道を、振り返った。

遠くにまだ亀さんの写真館が見える。いまだったら間に合う。ショーウィンドーの明かりが、雪に溶けだすようにぼんやりと明るかった。

僕は自分の足跡をもう一度逆に踏むように歩いた。カバンからカメラを取りだした。やはり冷たかった。

「将来のある人」

亀さんは僕のことをそう言った。確かにそういうことになるのだろうけど、実感はなかった。

ショーウィンドーの前に僕は再び立った。

宮坂木綿子がいる。天気のためだろうか、それともガラスを通して見ているからだろうか、幼いどの顔も少し青味がかって見えた。

おそるおそる、カメラを構えた。

慎重にピントを合わす。

すると宮坂木綿子の姿がいくつも現れた。いなくなることを前提に飾られたわけでもないのに、どれもが最初からそのことを知っていて、置かれたように感じられた。

フィルムは入っていない。でも僕は強い意思をもってシャッターを押した。乾いた音がした。何かが変わったような気がした。そのことを確かめたくて、もう一度、シャッターを押した。

残氷の湖の岸友に告げ
ずんずんと行け我もいつかは

あとがき

土地や場所といったものが、どのように人に影響を与えるのか。そんなことを時々、考える。私は長野県の諏訪地方で生まれ十八歳で高校を卒業するまで、ほぼすべての時間をそこで過ごした。

諏訪湖を中心とした盆地で、すべてを山に囲まれている。とはいえ、上京するまで自分が生まれ育った場所について、深く考えたことはなかった。ほかを知らないのだから、そもそも比べることができなかったのだろう。

上京するまでは日本のいろんな場所に似たような場所があるのだろう、くらいにしか考えていなかった。離れて初めて、諏訪という場所がかなり独特な場所だと気がついた。例えば七年に一度行われる御柱祭《おんばしらさい》。危険をともなう勇壮な祭りで、規模もかなり大きい。祖父も父も、近所の大人の男たちの多くもその柱に乗った。八ヶ岳の裾野に広がる縄文文化、四つ社がある諏訪大社、それにまつわる神話といったものなど。

そのことを意識するようになってから、写真を撮るために積極的に諏訪に帰るようになった。三十歳の頃だ。それから二十年以上、ずっと諏訪を撮り続けている。やがてライフワークになり、写真展や写真集の制作に発展した。いってみれば生まれた場所が私を写真家にしてくれた、という言い方もできるだろう。高校生の頃にはまるで思いおよばなかったことだ。

文庫化にあたり、久しぶりに本書を読み返してみた。本当に久しぶりのことで、自分でもすっかり忘れていた場面がいくつもあった。本書はフィクションだが、実際に諏訪湖を望む山の中腹にある高校に通っていたし、通学路からは諏訪湖がよく見えた。その途中に諏訪大社があって、本来の通学路ではなかったが、近道なのでその境内を頻繁に横切った。

小説に書いたとおり、三年間一度も学校を休まなかった。どんなに熱があろうとも登校した。夏は暑くとも衣替えすることなくブレザーを着たままだった。

一体何のためだったのだろうか。反抗、という気持ちがあった。でも、果たして何に対してのそれだったのだろうか。いま考えても、よくわからない。あの頃の自分のことが理解できない。当時の自分もそれを、うまく言葉にできないでいた。

幼かったといってしまえばそれまでだろうが、その年齢特有の過剰なまでの自意識のふくらみとか、感受性ゆえだろうか。自分でも自分のことがよく理解できず、もてあましていたのだから、周囲は「あいつはよくわからない」といった感じだったはずだ。

当時、スクールカーストという言葉は存在しなかったけれども、それに当てはめてみれば、自分は確実にその底辺にいた。存在の希薄さは際立っていた。

この小説はいってみれば、まるでさえず消極的で、語るべきものが何もないような高校時代のみずからの記憶を書きなおしてしまいたい、塗りなおしてしまいたい、という少なからずの思いから生まれた。少しは積極的な自分がいたならば、何かが違ったのではないか。そんな思いがずっとあった。

ひとつだけ書きなおす必要がないこと。

それは諏訪湖の美しさについて。時刻によって、天気によって、季節によって、そして心情によって色と表情をさまざまに変えた。本当に美しかった。そのさまを三年のあいだ目にした。私は日々、無言で湖面と交信していた。

小林紀晴

二〇〇八年六月　日本放送出版協会刊
文庫化にあたり加筆・修正しました
あとがきは文庫版のための書下ろし

光文社文庫

十《じゅう》七《なな》歳《さい》

著者　小《こ》林《ばやし》紀《き》晴《せい》

2022年5月20日　初版1刷発行

発行者　鈴木広和
印刷　新藤慶昌堂
製本　ナショナル製本

発行所　株式会社 光文社
〒112-8011　東京都文京区音羽1-16-6
電話（03）5395-8149　編集部
8116　書籍販売部
8125　業務部

ISBN978-4-334-79358-6　Printed in Japan

組版　萩原印刷

光文社文庫　好評既刊

問題物件	大倉崇裕
天使の棲む部屋	大倉崇裕
忘れ物が届きます	大崎　梢
だいじな本のみつけ方	大崎　梢
よっつ屋根の下	大崎　梢
新宿鮫　新装版	大沢在昌
毒猿　新装版	大沢在昌
屍蘭　新装版	大沢在昌
無間人形　新装版	大沢在昌
炎蛹　新装版	大沢在昌
氷舞　新装版	大沢在昌
灰夜　新装版	大沢在昌
風化水脈　新装版	大沢在昌
狼花　新装版	大沢在昌
絆回廊	大沢在昌
鮫島の貌	大沢在昌
撃つ薔薇　AD2023涼子　新装版	大沢在昌
死ぬより簡単	大沢在昌
彼女は死んでも治らない	大澤めぐみ
Y田A子に世界は難しい	大澤めぐみ
神聖喜劇（全五巻）	大西巨人
野獣死すべし	大藪春彦
東名高速に死す	大藪春彦
曠野に死す	大藪春彦
狼は暁を駆ける	大藪春彦
獣たちの墓標	大藪春彦
狼は罠に向かう	大藪春彦
狼は復讐を誓う　第一部パリ篇	大藪春彦
狼は復讐を誓う　第二部アムステルダム篇	大藪春彦
獣たちの黙示録（上）潜入篇	大藪春彦
獣たちの黙示録（下）死闘篇	大藪春彦
ヘッド・ハンター	大藪春彦
みな殺しの歌	大藪春彦
凶銃ワルサーP38	大藪春彦

光文社文庫最新刊

飯田線・愛と殺人と　西村京太郎

或るエジプト十字架の謎　柄刀《つかとう》一《はじめ》

殺人犯対殺人鬼　早坂　吝

野守虫　刑事・片倉康孝　飯田線殺人事件　柴田哲孝

ぶたぶたのお引っ越し　矢崎存《あり》美《み》

浅見家四重想　須美ちゃんは名探偵!?　浅見光彦シリーズ番外　内田康夫財団事務局

十七歳　小林紀晴

復讐捜査　新・強請屋稼業　南　英男

喧騒の夜想曲《ノクターン》　白眉編　Vol.1　日本最旬ミステリー「ザ・ベスト」　日本推理作家協会・編